Crónicas del fin del mundo

Carlos Cachomsky

Agradecimientos

Doy el mayor crédito de este libro a la más grande fuente de conocimiento y sabiduría, aquella fuerza que inspira, que crea, ama. Gracias, Jehová Dios.

También a mis amigos y mi hermosa Madre que siempre está conmigo; asimismo a todos los que de una u otra forma contribuyeron a llevar a cabo un sueño.

En la actualidad, imaginamos miles de formas en las que podemos terminar con nuestro propio mundo: algunos piensan que una guerra pondrá fin a nuestra vida; otros, que serán enfermedades, como este año hemos experimentado y otros más, que algo sobrenatural podría acaecer y cambiarnos la vida.

Lo cierto es que –queramos o no reconocerlo–, nos estamos acercando a un margen muy corto en el que tendremos que cambiar nuestra vida si queremos seguir viviendo en el planeta.

El desgaste de los recursos naturales, la contaminación a grandes escalas, el derretimiento de los polos, son tan sólo un pequeño ejemplo de lo que podría suceder, pero, ¿qué pasaría si en realidad nada sucediera? ¿Y si pasa algo que menos nos imaginamos? ¿Y si parece que es el fin, pero en realidad no lo es? Estas y otras interrogantes serán la médula de la vida de algunos personajes en esta historia.

Este es el primero de dos libros de distintas historias sobre un posible fin del mundo como lo conocemos en la actualidad.

Gracias por adquirir mi libro: espero que te guste.

Carlos Cachomsky
Noviembre de 2020.

El *precipicio*

Su mirada estaba fija hacia el horizonte. La luz del atardecer caía sobre todo el acantilado donde ella se encontraba. La humanidad estaba frente a ese gran precipicio donde se sentía claramente un viento agradable que movía sus cabellos. Hacia abajo, veía cómo las olas chocaban contra la tierra. No tenía miedo del precipicio, más bien temía que este fuese el final del todo. No era la única. Muchos con sus manos sobre su cara o su cabeza dudaban; algunos lloraban; otros no se atrevían y otros más simplemente, desde que llegaban, se lanzaban: la decisión era de cada quien.

Ella sabía que llegaría el momento en que tendría que tomar una decisión: ¡Lanzarse o no! Esto no debería ser tan difícil para ella. No obstante, dudaba de si Dios la había perdonado y la salvaría. Aún no sabía si sería resucitada o siquiera qué pasaría después. Su fe no era como la de los demás. Dios había solicitado a la humanidad creer en Él y lanzarse al vacío para encontrar la salvación.

Cada vez más gente llegaba, pasaba y se tiraban. Había momentos en que el lugar estaba abarrotado; otros en que había muy pocas personas llegando. Sin embargo, pocos como ella, se atrevían a mirar hacia abajo y regresar adonde estaba. No se sabía con exactitud cómo funcionaba, ya que no se escuchaban gritos ni personas pidiendo ayuda en el agua.

La mujer llegó a pensar que tal vez no se salvaría. No sentía que había sido la mujer perfecta digna de la salvación; temía que algunas de sus malas acciones o, tal vez muchas, fueran verdaderamente olvidadas por el Creador. Por otro lado, ella estaba arrepentida y estaba casi segura de que obtendría la salvación. Siempre había sido una buena mujer, había hecho bien a otros, ayudado, perdonado, compartido de lo suyo con los necesitados, pero ¿por qué esta última prueba de fe no podía hacerla sin dudar? Pensaba en que tal vez no se salvaría, estaba segura de que sí, pero, ¿y si no? ¿Por qué pediría Dios una prueba así?

El miedo a la muerte eterna era mucho. La inexistencia para siempre sería el peor de los castigos para los humanos que no fueran salvados. Algunos lo aceptaban y se dejaban caer con la esperanza de que después de la muerte se les tuviera compasión. Unos con objetos en sus manos o tocando sus amuletos sentían el golpe del mar. La instrucción era sólo una; las formas y el momento lo decidía el humano, quien, poco a poco, se acercaba al fin-inicio de algo.

A comparación de muchos, ella no podía llorar ni sentir; en su mente sólo había dos cosas: lanzarse al precipicio donde Dios pidió el sacrificio de todos los humanos o no. Nadie sabía cómo Dios los salvaría: tenían que confiar ciegamente en Él. Pensaba que al dudar estaba ya perdiendo la batalla de la Fe, "pero Dios es bueno", se decía a sí misma.

El tiempo pasaba, pero el atardecer no oscurecía. Era como si el tiempo se hubiese detenido en ese preciso momento. No anochecía, no aclaraba; realmente todo estaba estático. El sol estaba inmóvil. "El atardecer del fin del mundo", lo llamaban algunos. Incluso los que viajaban de lejos para ver la misma escena se impactaban de este hermoso atardecer; había quienes nunca en sus vidas habían apreciado semejante hermosura.

Ella se encontraba en el suelo, sentada con las rodillas dobladas y mirando el atardecer. Escuchó ruidos de personas que se acercaban, fijó la mirada en las personas: todos estaban centrados en sí mismos, en un solo objetivo. Nadie comía, nadie bebía, nadie hacía nada. Unos desde que llegaban al risco, lo hacían con una mirada directa, no miraban a los costados, no tambaleaban, no reían ni hablaban... Llegaban a la peligrosa orilla, extendían sus brazos y su cuerpo caía al vacío. Ni siquiera gritaban al caer.

Una lágrima por fin salió de sus ojos. Una familia, un hombre joven y su esposa con sus dos hijos, caminaban todos agarrados de la mano, simplemente caminaban y caminaban. Al llegar a la punta, todos se abrazaron y dejaron caer sus cuerpos. Todos juntos. Esta escena la impactó tanto, que quiso quedarse más tiempo para ver, aunque no podría decir exactamente si lo hacía por su curiosidad o por su forma de justificar su incredulidad.

Más lejos, otros se acercaban lentamente casi con los mismos rasgos característicos de los anteriores y todavía más a lo lejos, parecía que la ciudad ardía y que el gran risco era la única salida: no había otra forma. Ligeros gritos de hombres y mujeres podían apenas percibirse, ruidos como de truenos, columnas de humo que se alzaban desde la ciudad podían también verse en la distancia.

Al cabo de algún otro tiempo, llegaban más personas. Entre ellos había quienes llegaban llorando, pidiendo perdón y no se atrevían a saltar. Helen era una de ellas. Vio cómo una mujer joven pidió perdón y sin más se lanzó. Hombres también. Viejos llegaban a paso lento o ayudados por alguien y juntos emprendían el desplome. Niños acompañados de sus padres, uno que otro adolescente solo.

De la nada, llegó un grupo, uno muy grande de personas, como una religión o una gran familia, de distintas edades, hombres, mujeres, ancianos, rostros serios, inexpresivos, sólo una silenciosa y forzada sonrisa que se daban unos a otros como confirmando su decisión, todos juntos, tomándose de la mano se dejaron caer... De un momento a otro, el lugar quedó en un completo silencio por unos instantes.

Al cabo de unos minutos, una gran cantidad de personas se acercó al risco: muchos eran de todo tipo. Parecía que venían de algún barrio pobre por sus vestimentas, la cantidad de niños y había quienes tenían mucho miedo, pedían perdón; otros no decían nada: estaban en *shock*. Otros, en silencio... En sus rostros se podía sentir su molestia: su orgullo no les dejaba hacer o decir nada; sin embargo, todos tenían que saltar. Algunos de esos niños lloraban y tenían miedo, mas eran consolados por sus padres.

La muchedumbre desapareció. Todos, uno a uno, saltaron: hombres, mujeres, personas con mascotas, niños, ancianos en sillas, nadie los ayudaba. Finalmente, un matrimonio animaba a los que dudaban y otros más se acercaban a tomar la gran decisión. De nuevo, el lugar quedó desértico.

De pronto, ella se preguntó por los enfermos, por los convalecientes, los que están en los hospitales. ¡Cómo llegarían ahí! No podía saber la respuesta. Más y más personas pasaron. Helen sólo dio un par de pasos más. Una anciana la miró con ternura y siguió su camino. Sintió que la mirada de esa mujer le transmitió culpa:

—¡Dios, perdóname! —exclamó con una voz muy fuerte.

Ella miró para todos lados y se dio cuenta de que no era la única esperando ahí. Había personas que estaban ocultas en las ramas, rocas, tirados en el piso llorando o inmóviles, seguramente la escucharon, pero nadie respondió. Nada respondió. A nadie le importó.

La temperatura comenzó a subir. Su frente se cubrió de sudor: el momento del cierre final se estaba acercando y todos podían percibirlo.

—¡No! —gritaban muchos.

Había más mujeres que hombres. La mayoría eran jóvenes. En su mayoría, los niños habían ya saltado. El sol estaba debilitándose; la noche finalmente parecía caer.

De pronto, un temblor poco fuerte se dejó sentir. Sintió cómo el suelo se tambaleó. La tierra gemía por dentro. En ese momento, muchos lloraban más y con mayor fuerza; otros, en su dolor, llanto y desesperación, corrían hasta desaparecer. No podían regresar a la ciudad; sin embargo, algunos lo intentaban.

Una niña solitaria lloraba: Helen le dio la mano cuando esta se le acercó, pero ella sólo la miró, continuó caminando y saltó. Otra explosión a lo lejos se escuchó. La temperatura ascendía cada vez más. Eran menos cada vez.

Helen tenía que hacer algo. "Saltar, no saltar, saltar, no saltar, ¿qué sucederá sino salto? ¿El fuego se acercará y me hará saltar? ¿El risco caerá y caeré con él? He sido buena mujer. He ayudado a muchas personas. Me siento contenta, ¿por qué entonces no me arriesgo a lanzarme? ¿A qué le temo?" La respuesta era sencilla: a la muerte.

Dio unos pasos más, estaba a punto de, pero no quería; dentro de ella también cierto capricho quería ver cómo se cerraba el telón. Otros de los que habían estado ahí todo este tiempo saltaron habiéndose rendido, aceptando la muerte como su último escape y, al mismo tiempo, como la salvación.

Ya no había gritos. Ya no había llantos a lo lejos. Eran ya muy pocos. El suelo se movió de nuevo. Ella dio unos pasos más, vio un poco más de cerca. ¡No había nadie!, sólo un hombre joven oculto bajo unos matorrales: hicieron contacto visual, pero ninguno de los dos se habló. Helen se asomó al risco. "¿Qué sucedió con todos los demás que se habían dejado caer?", se preguntó con desesperación. El mar estaba enfurecido. Las olas se habían vuelto más fuertes y constantes.

Un paso más. Una elegante mujer llegó adonde ella, le dijo si saltaban juntas, Helen no aceptó, entonces la mujer se despojó de sus joyas, su fino abrigo y saltó cuerpo a espaldas, no sin antes despedirse con una sonrisa tranquila y suave. Luego un hombre que incluso le gritó que lo hiciera de una vez.

–¡Yo sé mi tiempo! –gritó de vuelta.

El hombre intentó forzarla, pero ella se alejó del risco.

–¡Haz como quieras! –dijo entonces él con un tono cínico y burlón.

Luego un anciano con una niña pequeña, después una joven embarazada y su madre; quedaban cada vez menos y ella seguía sin atreverse.

Entonces la temperatura aumentó más: un fuego, un calor, un perceptible calor se sentía en el ambiente; cenizas volaban en todo derredor, incluso respirar era difícil e incómodo. El sol estaba cada vez más marchito; se podía ver cómo el rojo del cielo era cada vez más oscuro; el suelo se movía con más frecuencia: todo apuntaba que el cierre estaba más cerca. Ya no se veía la ciudad, no se podía identificar nada a lo lejos, escuchaba sólo el rumor del viento, del mar, cosas quemarse. Ya no se veían más humanos a lo lejos.

Helen se acercó, dio un paso, uno atrás, a su lado había otra mujer joven que hacía lo mismo, no se atrevía, no era la única. ¿Era eso un alivio? La mujer finalmente cayó al moverse la tierra. Helen estaba asustada. Sólo quedaba un hombre, un adulto con un rostro molesto y, gritando en el piso, otro hombre joven. Estaba sangrando, había corrido mucho y seguramente pasado por muchas peripecias para llegar aquí. Poco a poco se siguió acercando hasta la orilla, hasta el punto de rodar su cuerpo para poderse lanzar. Estaba ya muy cerca cuando un ruido muy fuerte del cielo hizo saltar a estos. Aun así, Helen no se atrevió.

Finalmente, Helen dijo:

—¡Dios, perdóname! Sé que me amas, perdóname. Quedo en tus manos.

De nuevo, un ruido fuerte se escuchó y se sintió también el temblar de la tierra, así como el calor abrasador avanzó sintiéndose como una nube espesa.

Helen dio un paso más, uno que la posicionaba en la frágil orilla, su corazón latía demasiado rápido; sus manos estaban empuñadas. Sudaba. Entonces vio el cielo por última vez un par de segundos, ya era casi más azul marino que naranja, las nubes muy oscuras, un viento caliente quemaba su espalda. Se sintió lista y dio un paso más, uno al vacío y se dejó caer...

Mientras caía, vio cómo el cielo estalló y la noche cayó, sobre todo. Oscuridad, frío, miedo, no podía gritar: estaba paralizada. Alzó su mano y sintió cómo su cuerpo se hundió en el mar, sintió cómo su cuerpo frío e inmóvil se perdió en el vacío del mar...

Entonces sus peores temores se hicieron realidad.

La tabla

Finalmente llegó el momento que todos temían. El más especulado día del fin del mundo como lo conocemos en la actualidad. Un gran misterio que por fin se reveló. Sin embargo, no hubo guerras, explosiones, fuego cayendo del cielo, no. Todo lo contrario. Los seres divinos hicieron una petición a los humanos. Ellos sólo tenían que obedecer. El caos fue poco.

Los grandes monumentos del mundo han caído, las grandes ciudades ahora están casi vacías, la gente tiene mucha esperanza, mucho amor, muchos han sobrevivido, las personas no creen por qué han sobrevivido. Seguramente el Creador ha visto algo bueno en ellos. Al final, todas son sus creaturas. Un temblor había azotado la tierra y la gente que había sobrevivido incluso estando en los escenarios más mortales tenía una nueva tarea. Mensajeros especiales habían informado a toda la población que tenía que transportarse a una tierra prometida, una que se encontraba lejos de las grandes ciudades.

"Me siento un poco triste porque esta ciudad me encantaba, sus avenidas llenas de autos, gente por todos lados, comida en cada rincón. Todo ese lujo, esas tiendas, los restaurantes, nada de eso es posible ya y, si lo es, de nada vale. Ni hambre se tiene. No recuerdo siquiera a qué horas he comido hoy", hablaba él en su mente.

"Nos han pedido caminar hasta la salida de la ciudad. Así que seguimos las instrucciones. Caminamos y caminamos por mucho tiempo. Sin duda el camino hacia la salvación no debería ser tan fácil. Nunca lo fue realmente. Lo curioso es que las personas están serias, se nos ha pedido que no hablemos con los demás. Que cada quien llevará su propia carga. Me pregunto qué significará esto."

"Al salir de la ciudad, me veo a mí mismo en un charco de agua, estoy sucio y sí que me siento muy sucio. Mis pies están cansados de caminar. Me veo despeinado, un poco de polvo en mi rostro. Supongo que está bien, de qué serviría verse elegante si aún nos falta algo. La belleza ha quedado atrás. He estado meditando todo este tiempo y no me he percatado de cuánto hemos realmente caminado."

"Sólo siento como si el tiempo se hubiera detenido. Jamás me había puesto a pensar en el bonito paisaje que había fuera de la ciudad. Estos establos debieron ser hermosos y llenos de animales. Ahora andan libres. Estas flores se ven hermosas, ¡no las había visto antes! Creo que definitivamente esto es algo nuevo."

"Pero ¿qué es eso? ¡No puedo creerlo!" Al bajar el puente, hay muchas personas haciendo una enorme fila. "Desde aquí puedo ver que se les da una especie de tabla, parece una madera, pero no: su color y su textura son muy diferentes. Es larga, es pesada, es una carga. Quisiera discutir con otros sobre la tabla, pero no se nos permite hablar. Le hablo al que está delante de mí y me hace una seña recordándomelo. Finalmente, llego ante los mensajeros y me dan una. Está algo pesada, pero nos dicen que caminemos con ella. Esta debe ser una de esas pruebas finales en las que si llegas con el objeto eres premiado. O debe ser porque Jesús al morir también cargó con una. No lo sé, pero si la instrucción es llevarla, entonces hay que seguir con ella. No se nos dice más, hasta dónde o cuándo, nada, pero esta tabla es hermosa: al parecer se ajusta al peso de la gente, a cómo esos ancianos llevan la suya o los niños también."

"No puedo creerlo. Caminar por horas llevando una tabla. Me pregunto cuánto aguantaré cargando esto. Siempre he pensado cómo sería este día y ahora estoy caminando hacia un lugar que no sé, con instrucciones poco claras y cargando un enorme objeto que jamás en mi vida había siquiera tenido que tocar. No tengo mucho aguante físico. Mi trabajo era en una hermosa oficina llena de cristales con persianas colgantes de plástico color azul, en un sexto piso, ¡Dios!, amaba ese lugar. Después de haber estudiado tanto, finalmente obtuve ese trabajo y sólo por muy poco tiempo lo disfruté."

"Creo que ha sido una de las mejores épocas de mi vida. Agradezco a Dios por esto. Estoy seguro de que él me bendijo. Estoy incluso impresionado, usualmente no digo la palabra "Dios" en mi vida diaria. Esto es nuevo. Creo que el uso de la tabla es hacernos reflexionar. Sí, eso debe ser. Pero llevo ya mucho tiempo y no hay modo en que se use para algo."

"Ha pasado ya mucho tiempo. Estoy aburrido… Quiero detenerme un momento. No puedo creer lo que mis ojos ven: ¡a una joven se le ha roto! ¿Pero cómo le pudo haber pasado esto? Entonces, eso quiere decir que es una tabla convencional; por un momento pensé que sería una cosa mágica o celestial o algo así. La joven, sin embargo, lleva aun así una mitad. Pensándolo bien es mucho más práctico, sí, definitivamente. Incluso me rebasó y la he perdido de vista. Llevar una tabla de más de cuatro metros no es nada fácil."

"Me detengo un momento porque estoy cansado y un poco sediento, no veo dónde pudiera conseguir agua por aquí: este camino parece ser una vereda poco transitada, pocos árboles, plantas pequeñas, piedras en el camino y en ese momento, al asomarme a una casa abandonada y vieja en busca de algún líquido, quiero gritar de la impresión: ¡Un hombre está cortándola! Lo miro con extrañeza. Pensé que se molestaría o me atacaría, pero en lugar de eso me dice que ha escuchado que lo más importante es llevar una parte de ella y aguantar con ella hasta el final. Que incluso ella es nuestra fuente de vida. No sé, no le creo del todo. ¿Qué caso tendría andar cargando semejante objeto si al final sólo puedes llevar una pequeña parte del mismo? ¿Es que la meta es llevar lo más que se pueda de ella? Sí, creo que eso podría ser. ¿Qué tal si el hombre tiene razón y estoy literalmente cargando mi alimento hasta el final del camino?"

"Para este momento, la noche está por terminar, puedo ver unos pequeños y finos rayos de sol saliendo al horizonte.

Justo hacia donde todos nos dirigimos. Algunas personas han decidido cortar la tabla en dos y así llevarla de manera más práctica. Otros la han hecho más partes y así les es más fácil de cargar, incluso han tallado un cristo o sus nombres en ella. Es interesante."

"Estoy ya demasiado cansado. Me sentaré un momento a descansar, a observar a toda la gente pasar. Niños incluso llevan la misma tabla que los adultos. Eso se me hace un poco injusto. Me es inconcebible que los niños tengan que llevar esa carga. ¡Algunos padres llevan dos! Una madre con su hijo agarrado en su pecho va con una enorme tabla en la espalda. ¡Sí que hay gente creativa en el mundo: cómo pueden acomodarla en distintas formas! ¡Una señora en silla de ruedas! Con mucho esfuerzo va lentamente avanzando. ¡No es justo, pobre mujer! Quiero acercarme y desde que me vio, me hace una seña de '¡No, aléjate!'. El mensaje es claro. Creo que mejor sigo mi camino antes de que me enfade. ¿Me enfade? ¿Por qué? ¿Quién soy yo para criticar la entrada final que Dios nos ha indicado? Me dejaré de comentarios al respecto."

"Encuentro un terreno con pasto verde, hermoso, se nota que han trabajado mucho en él. Me siento en la tabla: quiero descansar sólo dos minutos. Sin darme cuenta, me he quedado dormido. Al cabo de un tiempo, siento que una luz cegadora está sobre mí: tengo demasiado calor, me siento muy sudado. Siento que me quemo. ¡Dios mío! En eso, me despierto de un golpe, me he dormido sobre la tabla. Debe ser antes del mediodía o algo así, ya que el sol está muy intenso. Es curioso que no tenga hambre: a esta hora estaría ya tomando el café de esa cafetería que tanto me gustaba. Lo que sí quisiera es una ducha. Creo que nunca en mi vida me había sentido tan sucio como ahora. Quisiera cambiarme de ropa."

"Creo que ya ha pasado mucho tiempo y sigo sin entender para qué es esto. Me comienzo a desesperar. Veo que hay quienes van en grupos, al parecer piensan que haremos una balsa, pero, ¿y los que no tenemos amigos? Los extraño a todos, aunque debo reconocer que no fui siempre bueno, pero les pedí perdón... Algunas parejas llevan incluso tres tablas. ¿De dónde han sacado la otra? ¿Qué tal si es para construir algo y que todos debamos aportar una tabla?" "Otros incluso llevan herramientas, pero, no se nos ha pedido llevar algo más. No que yo recuerde. ¿Debería preocuparme? Tal vez, pero esos ángeles no nos dijeron nada; sólo nos dieron una especie de tabla celestial y con su resplandeciente mano nos indicaron que sigamos el camino."

"Me estoy cansando: esto es demasiado misterio. Nunca me gustaron los misterios. Ni siquiera en películas. Yo veo que algunas personas han dejado herramientas y cosas en el camino, lo cual es razonable. Si no me equivoco, llevamos ya casi más de un día con estas cosas y no se nos dice nada. Ni siquiera conozco bien este camino. ¿No me habré ido por otro?"

"De nuevo, caigo de cansancio. Al abrir los ojos, veo la luz de la mañana en todo su esplendor, el calor es algo abrasador: quiero descansar más. Creo que he estado inconsciente por un par de horas. Cuando entro completamente en mí, me doy cuenta de que no es un par de horas, ¡ha sido casi un día! Temo haberme desmayado. Ahora sí tengo hambre, sed, quiero ir al baño. Esta tabla es un impedimento. ¿Y si la dejo aquí y me la roban? Seguramente esa será mi perdición. No soy el único en el camino, de pronto pasan más y más personas. Esto en ocasiones parece un desfile o una carrera. La seguiré llevando. Más adelante veo unos arbustos, esto es demasiado vergonzoso, pero no puedo aguantar más. Además, Dios sabe que tengo necesidades..."

"Ahora tengo que satisfacer mi hambre: mi estómago comienza a hacer ruidos. ¡Acabo de ver a una mujer comer de la tabla! ¡Lo sabía! Esto seguramente es una clave. Nos la dieron para de alguna forma alimentarnos, pero cómo sacaré alimento de ella. No tengo herramientas. Más adelante hay una, la cortaré y comeré."

"¡Qué tonto! ¡Qué desperdicio! ¡Aunque pareciera comestible, está demasiado dura! Por supuesto, de cuando acá es la madera un filete y, ¿cómo la mujer la comía? Cortaré algo más, aquí el centro es más blando. Un poco. Ahora sí lo puedo masticar. Parece caña. ¡Es más bien una caña! Increíble. Me siento reconfortado. No sé si decirles a los otros que buscan comida en los árboles o que se comen las flores o lo que sea que encuentran en el camino; mejor dejaré que lo descubran ellos mismos. Pero, ¿y si caí en la tentación de comer de ella por anteponer mi necesidad física a la obediencia? ¿O si la tabla se ablanda dependiendo de la persona? Son preguntas que externaré tan pronto llegue a mi destino."

"¡Ya es de tarde de nuevo! Sigo sin entender para qué es esto. ¡Que alguien me explique! ¡Dios, si estás ahí, dímelo! Justo acabando de decir eso, doy un mal paso y he caído. Me golpeé algo duro, ahora me duele también la espalda. Estoy tan molesto que corto otra parte de ella que se ha ensuciado y de ese lado estoy comiendo. Quiero seguir cargando la parte que he cortado porque me siento mal desperdiciándola; hay quienes la han perdido y ahora sufren, pero para ser honesto, no me siento ni más aliviado ni nada."

"Un poco más adelante me siento a descansar bajo la sombra de varios árboles. Hay varias personas, pero nadie platica entre sí. Algunos se comunican sólo con señas o gestos; otros actúan como si nadie pudiera hablar. Creo que debo hacer lo mismo. Esta imagen me recuerda cuando de niño sobre la carretera veía reces pastando en los campos y había siempre un grupo de ellas bajo una sombra de un gran árbol. Así me siento. Pero esta vez, nosotros somos las vacas."

"Al otro lado de la sombra del árbol, hay alguien prestando su sierra para hacerla más pequeña. Es increíble cómo la gente puede hacer miles de cosas con ella, otros la lavan, otros rayan en ella mensajes de amor o el nombre de sus familiares, duermen sobre ella, los niños las juntan y juegan, a los adultos siempre les ha divertido darles cosas a los pequeños y verlos jugar. ¡Qué relajante! Por increíble que parezca, gente va y viene, aunque la noche ha caído ya. Estoy listo para pasar esta noche aquí y mañana retomar mi camino. Es una noche fresca y silenciosa, demasiado silenciosa."

"Una mañana hermosa, unas personas muy bondadosas han cortado frutos y los comparten. Yo tomo uno de ellos: tenía un poco de hambre. Aun así, nadie habla casi. Mientras como mi fruta, espero un poco que baje el sol y me llama la atención ver a lo lejos cómo muchas personas van en el santo sol caminando con tremenda madera. ¡Qué tontos! Como si tuviéramos prisa. Un segundo, ya debe ser algo tarde. ¿Y si tenemos hasta la noche en llegar? Justo eso pensaba cuando alguien pasó gritando '¡No debe anochecer!' Varios de los que estaban conmigo nos miramos y nos levantamos rápido para seguir caminando. Al vernos varios, alarmados hicieron lo mismo."

"Corro junto con otros como puedo, tengo energías, he descansado mucho y encuentro en el camino una especie de transporte para cosas que no había visto antes; lo usaré: coloco mi madera sobre el aparato y lo arrastro con mucha mayor facilidad. Estoy contento, estoy avanzando mucho y es fácil. Estoy tan feliz. '¡Aaaah!', grito de felicidad en el camino. No me importa que me vean. Si estoy haciendo el ridículo, no me interesa."

"Ha pasado ya un largo rato, dejé de correr, así que ahora camino; se siente muy ligera mi carga. Cuando volteo hacia abajo, veo que la tabla se ha estado raspando, sabía que le pasaría, pero no creí que tanto. ¡Oh no! Espero y eso no sea impedimento. Está casi completa, pero un poquito maltratada. Ahora entiendo por qué alguien dejaría este aparato en el camino. Creo que es mejor seguir sin él antes de que la arruine más."

"El aire frío de la tarde comienza a soplar. Me doy cuenta de que he olvidado mi chaqueta. No se puede regresar y además es demasiado lo que he avanzado. Mejor busco un lugar donde pasar la noche. Este viaje ha estado lleno de tantas aventuras; nunca en mi vida había estado tan solo, pero me siento bien. No me acordaba de mi familia o de mis amigos. Espero que estén mejor que yo y tengo la seguridad de que los veré adonde sea que nos están mandando.

Mientras busco un lugar donde dormir, veo una entrada a un bosque: este está en el camino, al entrar a él, hay un letrero sobre un árbol que dice "use su tabla". Eso hago, la he usado para todo. Muchos corren y me asustan; yo también corro en la misma dirección. Al atravesar el bosque, la tabla se traba en unos árboles y en mi desesperación la jalo con fuerza y esta se rompe. ¡Dios! Ahora el problema es mayor. No importa; seguiré llevando mis dos pedazos. ¡Pero qué trabajo! Ahora mi carga es mayor y me cuesta más avanzar."

"Cada vez hay más viento y menos luz. Ya es noche. Finalmente llego al final del camino. Hay demasiado llanto y decepción en las caras de muchas personas. Me pregunto por qué. Me miran como si fuera un tonto. ¿Qué les pasa a estos? ¡Están locos!"

"Al llegar al final del camino, me quedo perplejo con lo que veo… ¡Es un acantilado y sólo se puede cruzar de una forma: ¡usando una tabla larga de cuatro metros! Al ver esto siento en toda mi piel un gran escalofrío, un terror inmenso inunda mi alma. Mi corazón late como nunca. Mi cuerpo se tambalea y siento cómo pierdo las fuerzas. Se me caen las tablas de las manos y caigo sobre mis rodillas."

"Nunca he visto un acantilado en toda esta zona, ¡ni siquiera sabía que había uno! Muchos cruzan con su tabla. Hay quienes caen, hay quienes logran cruzar, pero una vez al otro lado, la tabla cae al vacío. No me queda más que tirarme al suelo lleno de decepción, tan feliz que me sentía de por fin haber terminado el camino. Mis manos están sobre el piso. Comienzo a llorar. He sido un tonto toda mi vida: siempre he querido hacerme la vida muy fácil desde que era adolescente; esta vez fue lo peor que haya hecho. Los últimos ya están cruzando. Ya no hay más que tengan una tabla larga. El frío de la noche se siente cada vez más, mis labios comienzan a partirse y mis dientes a tiritar, mis piernas a temblar un poco al igual que mis brazos."

"¡Qué miedo! ¿Qué pasará con los que no cruzamos? Un hombre toma mi mano. ¡Qué horror! Grito en ese momento: '¡cómo se atreve!' Estaba a punto de insultarlo por semejante acción cuando veo que todos están haciendo lo mismo."

"Aunque me siento avergonzado, me uno. Todos nos tomamos de la mano. La luna parpadea su luz por las nubes que se mueven rápidamente y da la impresión que está ya por apagarse. A lo lejos se escucha un ruido como de mar, como una ola gigante acercándose a nosotros. "¡Los amo!" gritaban algunas voces, "¡Te amo!", "¡Siempre te he deseado!", "¡Yo te robé lo que más querías!", "¡Perdóname!", "Te amo, Emilia, sé que te hice mal, pero te amo", "¡Hija mía!", "Cuídamela, Dios mío". Había todo tipo de gritos, los cuales se fueron tranquilizando. Desde lejos, podíamos ver cómo los que se habían salvado avanzaban y se perdían entre los árboles. Nosotros, todos tomados de la mano, solo eso podíamos hacer, mirar, mirar y desearles bien. En ese momento me da un tremendo escalofrío y siento una fuerte energía dentro de mí por la que también grito:

—¡Te amo! ¡Los amo! ¡Familia, los quiero!

¡Cómo sale tanta energía de este cuerpo tan cansado! No puedo dejar de decir "Te amo", es como un sentimiento tan tierno, tan fuerte; me siento finalmente libre de todo: estoy listo para lo que viene…

La luna se cubre de nubes. Es noche; está totalmente oscuro. No hay estrellas y sólo un ruido acercándose cada vez más. El hombre de al lado aprieta mi mano muy fuerte y cierra sus ojos, una mujer en mi otra mano hace lo mismo: siento sus miedos. Me tranquiliza sentir el calor de otro humano tomando de mi mano; siento que no terminaré solo y entonces nos golpea un viento frío muy fuerte. No sé qué sucede. Siento que vuelo. Vuelo. Las manos han sido soltadas, el ruido de aguas es todo lo que escucho. Me siento tan cansado, que mis ojos se cierran. Me pregunto si soñaré algo esta noche…

Oscuridad

Densas tinieblas es lo que muchos temerían. En la actualidad hay muchas luces: las ciudades, los autos, las casas, demasiadas luces. Luces que en ocasiones se reflejan en las aguas de un río o de una laguna. Quedarse en una oscuridad absoluta sería prácticamente imposible.

Un día, al levantarse, Yulia abre los ojos y no observa nada. Está todo oscuro. Se pregunta qué estará sucediendo. Se levanta: sus pies hacen ruido al buscar el calzado, es difícil saber la hora ya que hay una completa oscuridad. Busca con qué alumbrar, pero no encuentra. Jesús, su esposo, se levanta al percatarse de los movimientos de Yulia. Entonces ambos se toman de la mano asustados y empiezan a caminar. Se dan cuenta de que la oscuridad en que se están inmersos, no es la oscuridad de su apartamento; al contrario, esto es tan extraño, que apenas si pueden percibir en dónde están.

Temerosos, caminan juntos a pequeños pasos y sienten cómo se adentran en un sendero diferente, es como si estuvieran entrando a una especie de pesadilla que se siente como un espeso y húmedo bosque, cosa que les es difícil explicar ya que su casa no está al lado de ninguna zona rural. En el bosque, en el cual no pueden ver más que oscuras siluetas de árboles, éstos están en cada uno de los lados del camino. Ellos continúan caminando con miedo, agarrados fuertemente de la mano. Para sentirse más segura, Yulia toma del brazo a su esposo. Ambos tienen miedo de tropezar o de tocar algo. Lo más extraño de esto es que no escuchan ruido alguno: hay tanto silencio y tanta oscuridad que tienen que susurrar para hablar, su voz se escucha demasiado fuerte.

No dejan de hacerse preguntas sobre dónde están, qué es, qué significa esto; juntos piden a Dios una explicación, pero no ven ni sienten ninguna, así que deciden esperar un momento.

A lo mejor era un sueño, pero imposible que los dos estén conscientes en el mismo sueño o, si fuera así, ¿de quién sería el sueño?

Al cabo de algunos minutos, emprendieron un camino y dentro de poco tiempo y muchos pasos tambaleantes, se adentraron en la oscuridad. Poco a poco comienzan a existir muy tenues matices de luz. Esto les permite identificar los árboles: son densos, grandes, inspiran cierto temor; están en ambos lados del camino. Logran identificar figuras, hay como rostros en ellos y con tan sólo verlos se les enchina la piel.

En unos minutos más, se escuchan voces, pero no pueden identificar lo que estas dicen. Las voces parecen de muchas personas, pero no logran ver de dónde provienen; dudan entre si seguir su camino o establecer algún contacto. Optan por pequeños llamados que nadie responde; susurros que en momentos se detienen.

Yulia toma la iniciativa y comienza a hablar cada vez más fuerte, pero las voces ignoran. Sólo hablan, hablan y en ocasiones pareciera que ríen. Ninguno de los dos logra entender lo que dicen, es como si hablasen en otros idiomas, los cuales ni siquiera logran identificar. Las voces hablaron cada vez más y de distintos puntos, se movían, reían, susurraban y emitían sonidos de miedo hasta que, en su desesperación, Yulia lanza un grito fuerte. Entonces el silencio calló de nuevo.

Se atemorizaron mucho y en ese momento, las voces comenzaron a hablar de nuevo, sólo que esta vez incluían sus nombres. ¡¿Qué sucedía?! Estaban llenos de temor. Apresuraron el paso; sin embargo, no sabían adónde les conduciría este camino. Más adelante, en uno de los árboles, apareció una silueta, una con una luz amarilla en todo su alrededor en forma de puerta, poco a poco esta se abrió y ambos quisieron llegar hacia ella, misma que se encontraba aún a varios metros de donde estaban. Al acercarse, se escucharon risas, voces masculinas que reían y charlaban.

Entonces, de la nada, Jesús se despide de Yulia y decide aproximarse a la puerta abierta de la cual no se podía percibir nada; sólo una luz amarilla que era rodeada por la oscuridad del exterior: por dentro la luz era más intensa. Yulia no lo quería dejar ir, le decía que no entrara, lo que sea que fuese esta puerta no era nada bueno, era de temor; sin embargo, su esposo parecía haber ya tomado una decisión. Parecía no razonar; al contrario, parecía muy seguro de que debía entrar en ella. Incluso le pidió que siguiera el camino ella sola.

Él se desprendió de los desconfiados brazos de Yulia, ignoró sus gritos y jalones para evitar que su esposo entrara en esa puerta extraña, pero él no escuchó; poco a poco se acercó, entró. La puerta se cerró detrás de él y no se escuchó nada más. "¿Por qué es tan egoísta?", pensó, "me dejó aquí sola y no sé qué hacer".

La mujer llamaba a su hombre; sin embargo, no hubo una respuesta: un silencio estremecedor y una densa oscuridad llenó la atmósfera de nuevo. Esta vez ella estaba sola, caminando con miedo e inseguridad. Con un brazo se agarraba el otro. Pensaba en por qué se había ido, sollozaba y sentía una gran tristeza en el corazón. Quiso tocar y averiguar qué sucedía, entonces se regresó unos pasos y buscó, pero no lograba tocar nada, sólo era un tronco grueso de un árbol.

Estaba ya desesperada y llorando; sus lágrimas se escurrían por su rostro y mojaban su ropa. Ella estaba en el piso con el rostro hacia abajo. De la nada, percibió que una luz muy lejana estaba al final del camino, se veían personas, no lograba identificar qué era, pero eso la llenó de esperanza.

Decidida a llegar hacia esa luz, caminó y según su fuerza se lo permitía, aceleraba el paso. Entre más se acercaba, más podía percibir que eran personas felices que comían, bebían y reían juntos. Entonces la luz fue haciéndose cada vez más fuerte hasta tragarse a Yulia.

Estaba recobrando el conocimiento: sintió la temperatura cálida, un viento veraniego como el que no sentía hacía años. Entonces abrió por completo los ojos y vio un hermoso cielo. Ella yacía sobre el suelo, un césped muy verde, estaba a punto de hablar cuando un hombre de hermosa apariencia le extiende la mano y la levanta, sonríe y con su mano señala lo que estaba a su alrededor. En ese momento, su vista quedó impactada con todo lo que vio: el hombre sonrió y desapareció.

Luces en el cielo

Finalmente, la jornada laboral había llegado a su fin. Este cierre de año había estado muy pesado: Claudia tenía que cuadrar muchas cuentas, números, informes al coordinador y reportes de los empleados, revisión de actividades. Era increíble cuán ocupada podía estar una contadora en su oficina "en cierres", antes de sus vacaciones.

Estaba feliz porque sabía que le esperaban unas relajantes vacaciones donde finalmente tendría tiempo para hacer todas las cosas que se ha estado postergando, tales como las clases de baile o visitar a la tía que vivía en un pueblo cercano y a quien tenía ya más de siete meses sin ver. Le molestaba su conciencia: también quería hacer una comida para toda su familia, reunirlos y estar contentos. Deseaba reunir a sus dos hijos, su hija mayor, sus parejas y nietos. Asimismo, ansiaba tanto comer de la cocina de su madre, quien tenía una sazón exquisita y finalmente sentarse a tomar un café con su padre. Todos juntos. Una gran familia reunida. Su sueño. Su fantasía.

Ella se había acostumbrado a vivir en la ciudad, un poco lejos de su familia; de hecho, a casi una hora de ellos. Lamentablemente, el trabajo la había estado absorbiendo tanto, que no los visitaba con regularidad. Es más, no los había visitado en varios meses y sentía cierto remordimiento cada vez que alguien mencionaba sus nombres, pero sus padres comprendían que su puesto implicaba mucha responsabilidad y no podía descuidarlo. Prometió visitarlos pronto; sin embargo, los días transcurrirían muy rápido.

Era viernes y su último día en la oficina y le esperaban tres semanas de mucha tranquilidad, lejos de las pantallas y números. Terminó de revisar y de enviar un par de reportes. Satisfecha, respiró hondo y se levantó de su silla dirigiéndose al reloj checador para marcar su salida: el inicio de la libertad. Estaba a punto de colocar su dedo índice en la máquina cuando se sintió en el ambiente un aire fresco, un aire extraño que no se percibe dentro del edificio cerrado con aire acondicionado. Los árboles comenzaron a moverse con el viento, su temperatura era templada, ni fría ni caliente; era curioso porque nunca lo había percibido.

Llegó a pensar si tal vez esto ya había pasado, pero como siempre había estado ocupada frente a su ordenador, no se había nunca percatado. Lo ignoró por un momento, aunque muy dentro de ella sabía que eso no era normal. Finalmente había salido y vio a sus compañeros un tanto extraños en sus teléfonos. Sus colegas estaban un poco alarmados y todos se miran los unos a los otros. Fue en ese momento que pensó que algo no marchaba bien allá afuera. No quería preguntar porque no quería saber. Además, sus compañeros eran todos sus subordinados y no estaban agusto con sus exigencias, pero como ella siempre decía, "así es el trabajo y tenemos que hacer nuestra parte". No quiso pedir explicaciones y se dirigió a la salida del edificio.

A través de los cristales de la entrada, vio junto al vigilante cómo una mujer se aproximaba gritando con voz fuerte. Ella frunció el ceño con asombro. La voz de la mujer se convirtió en gritos de terror. "¿Qué sucede?", pensaron todos. Entonces la mujer entró corriendo al edificio y gritó a voz en cuello que el cielo se estaba cayendo, que finalmente el día del fin había llegado. "¡El cielo!" No dejaba de gritar. Al oír esto, los empleados de la compañía se dirigieron afuera, a mirar lo que esta mujer decía. Lo que vieron ahí fue lo más asombroso y espeluznante: algo estaba sobre toda la ciudad, al parecer sobre todo el mundo, círculos de colores se habían aparecido por todo el cielo, círculos que se entrelazaban; algunos de ellos eran muy grandes y otros pequeños, tenían tonalidades y diámetros distintos. El centro era transparente, pero por dentro parecía como nubes grises que caían y subían de nuevo. Había uno muy grande, entre verde y azul. Muchas personas estaban asombradas y teorizaron miles de cosas.

Claudia decidió salir inmediatamente a su casa. Intentó llamar desesperada a su hijo menor que vivía con ella, pero no entró la llamada. Miró de nuevo el cielo y comprobó que los círculos continuaban ahí. Los demás empleados optaron por irse todos a casa. Entre sus teorías, estaba que ese podría ser el último día de la humanidad. Uno de sus compañeros se aterrorizó tanto, que se fue de la oficina corriendo sin despedirse, sin verificar su salida y sin siquiera tomar sus cosas.

La gente comenzó a asustarse más cuando estos círculos o aros comenzaron a cambiar de forma y convertirse en distintos tipos de círculos con grosores diferentes; otros se hacían dos o se unificaban cambiando sus colores y tamaños. Habían de muchos tipos, pero uno en particular asustó a los espectadores. Era rojo tenue y se transformó poco a poco en un rojo intenso que afectaba la tonalidad de otros. A partir de ese momento, la gente enloqueció y reaccionaron de todas las formas posibles.

Al cabo de sólo unos minutos, las iglesias y templos se llenaron de personas, no sólo de religiosos, sino de todo tipo de gente. Había muchos arrepentidos. Las calles se llenaron de hombres y mujeres desesperados en busca de sus familiares. Muchos corrían de un lado a otro. No faltaron los impertinentes que se aprovecharon de la situación para refugiarse en costosas casas que nunca en su vida podrían haber pagado o aprovecharse de las grandes tiendas. El gobierno intentó calmar a la población enviando policías a las calles y solicitando que todos se quedaran en casa hasta no saber de qué se trataba; todo esto en un lapso de apenas unas horas.

El gobierno nacional rápidamente organizó expediciones e intentó enviar aviones a los círculos y estos traspasaban las luces, pero no sucedía nada. Muchas personas intentaron por todos los medios acercarse a ellos, pero tampoco ocurría nada. Simplemente se envolvían en las luces, mas no tenían efecto alguno en ellos o al menos eso parecía.

Ya habían pasado más de seis horas y las luces en el cielo aún estaban activas. Era de noche y estas apenas si habían cambiado. Los noticieros del mundo hablaban de ellas y se especulaban miles de hipótesis. Había quienes incluso decían ver personas en estas luces, pero nada era confirmado; todo era mera especulación.

Claudia estaba en casa. Finalmente había hablado con sus familiares; las líneas telefónicas y todo lo demás funcionaba con perfecta claridad. Era increíble cómo este fenómeno no afectaba en lo absoluto a las personas ni a las cosas. Entonces, a las tres de la mañana, los círculos comenzaron a cambiar de color y esta vez algunos lo hicieron de tamaño y posición e incluso algunos se volvieron intermitentes. Esto provocó que muchas personas sintieran zozobra y en algunos casos, las personas empezaban a tener afectaciones visuales porque no dejaban de verlos.

Al cabo de una hora, algunas personas salieron a las calles a gritarle a los círculos, a Dios, a lo que fuera que estuviera provocando este fenómeno, que por favor se detuviera. Cada vez más personas se sumaban a las plegarias, de rodillas, tirados al piso; pedían por favor que se detuviera. Al ver que nada pasaba, las personas comenzaron a enloquecer.

Una vecina llamó a su puerta, pero Claudia no quiso dejarla entrar. Ella le decía que tenía que arrepentirse de todo lo malo que había hecho, que este era el momento de volverse a Dios. La mujer gritaba junto con su hija orando por la vida de todos los del edificio. Estaban en las escaleras orando con fuerza y pedían a todos que se les unieran en oración. "Este día era el que se había destinado desde el inicio de los tiempos, los que no creen son unos enfermos y serán castigados" gritaban. Claudia no quería arriesgarse a nada. No abrió y, al contrario, ella y su esposo aseguraron la puerta.

Había viento esa noche en todo el lugar y en algunos momentos, las luces parpadeantes de los círculos asustaban mucho. Estas intentaron ser explicadas por investigadores de todo el mundo, por agnósticos, adivinos... Había programas de televisión que se dedicaban a hablar de este fenómeno nunca antes visto; en cambio, nadie tenía la certeza de lo que estaba sucediendo. El caos que se vino al inicio se disipó; lo que aumentó fue el temor. Mientras muchas personas permanecieron en sus casas, otras comenzaron a gritar en desesperación, a gritar con llanto, incluso más y más personas salían a las calles a enfrentar la situación: niños, hombres, mujeres, todo tipo de personas, todos estaban con el miedo de qué sería. Hasta ese momento las luces no habían afectado de forma alguna.

Después de unas horas más, en el cielo, más luces se volvieron aún más intermitentes y se podía percibir ahora una vibración que provenía de ellos. Esto hacía que las luces y tonos variaran en el mundo. Era como un encender y apagar la luz de manera universal. Miles de luces de todos los colores se hacían muy fuertes y luego muy tenues, todo al mismo tiempo y entonces las personas enloquecieron aún más. Estaban llenos de temor. Muchos desmayos, infartos y suicidios sucedieron a nivel global. La familia de Claudia tenía miedo, ya que en las noticias escuchaban que en algunos lados se habían cometido crímenes horribles. También había personas malintencionadas que hicieron lo que normalmente no harían. La mayor parte de la población estaba atrincherada en sus casas o en algún refugio.

Claudia miraba a lo lejos cómo estas personas perdían la paciencia y se peleaban entre ellas. Ya se veían algunos heridos, lastimados y desmayados por los efectos de las luces. Algunos tenían convulsiones, dolores de cabeza, entraron en pánico; muchos se encerraban en sus casas y no dejaban de llorar. Claudia sólo abrazaba a su hijo y tenía su teléfono en las manos, llamando a sus familiares, preguntando si todos estaban bien. Hasta ese momento nadie se había reportado mal. Su hijo adolescente estaba viendo imágenes de cosas que sucedían en el mundo. Se las mostraba a su madre, pero

Claudia le pidió que no siguiera viendo eso; que era mejor esperar. Aseguraron su casa tanto como pudieron. Muebles en las puertas y ventanas; en todos lados.

Claudia recibió una llamada: una de sus compañeras de trabajo. Pensó que sería algo de la oficina, pero para su sorpresa, fue todo lo contrario. La mujer estaba enfurecida y le gritaba insultos y la culpaba de muchas cosas. Ella no sabía qué responderle; sólo le colgó. La mujer siguió llamando, pero no le respondió. Tenía en su celular cientos de miles de mensajes, pero no quería leerlos: algunos no eran para nada agradables. Sólo vio que se había solicitado cerrar las instalaciones hasta nuevo aviso y que ella tenía que presentarse en dos días debido a que sólo llevarían un control del personal, pero ella no siguió leyendo el mensaje. No contestó tampoco más llamadas.

Claudia entró a la habitación de su hijo y vio que tenía algunas cosas por todos lados y se pusieron juntos a acomodar toda la habitación. Le llamaron la atención algunos mensajes de su ropa. Platicaron mucho sobre su vida y él, que usualmente era en lo absoluto platicador, abrió su corazón y le contó a su madre cómo se sentía, cómo era la escuela, sus amigos. Incluso hablaron de la chica que le gustaba. Claudia también habló de su exesposo, de lo triste que a veces se sentía al haber sido traicionada por alguien que amaba y que desafortunadamente aún sentía mucho cariño por él, pero que no lo merecía. El hombre parecía feliz viviendo con otra mujer. Además, ahora vivía con un hombre que la amaba y que daría lo que fuera por tener lo mejor para ella e incluso para él, a quien amaba mucho a pesar de no ser su padre biológico. El tiempo pasó y era muy noche. Se escuchaba todo tipo de ruidos. Claudia hablaba constantemente con sus familiares. Su esposo estaba también al teléfono y cada vez que hacían contacto visual, él le decía "todo bien".

En su camino a la sala, Claudia pensaba si debía dormir o esperar a que algo más pasara. Decidió ir a la sala y ver las noticias. Se entristeció al saber que los índices de criminalidad habían aumentado de un momento a otro. Se pedía estrictamente a la población permanecer en sus casas. Pero muchos lunáticos no obedecían y estaban en toda la ciudad causando destrozos. Estaba quedándose dormida con los informes que se daban en el televisor cuando una noticia le robó el sueño. Su corazón saltó de alegría.

¡Los círculos habían desaparecido! Simplemente desaparecido, sin dejar ningún daño o perjuicio. Estaba asombrada de lo que había pasado. Escuchó que el presidente de la nación daba un informe de que este fenómeno pasaba cada tantos miles de años. "¡No puedo creerlo!" se dijo y concluyó que entonces no pasaba nada. Siguió viendo el informe de las noticias, llamó con alegría a su esposo y juntos vieron cómo los noticieros mostraban muchos arrestos y gente aún enferma en las calles. Otros habían fallecido por distintas razones. Debido a la alta exposición a las luces, unos tenían problemas visuales. Se sintió bendecida de que no hubiera sido nada malo y que su familia estuviera bien. Su hijo se levantó con su celular en la mano, quiso mostrarles a sus padres lo que estaba viendo, pero estos lo abrazaron muy fuerte antes de que permitirle hablar.

La ciudad se veía muy sucia, muy caótica; muchos monumentos estaban arruinados. La policía recorría las calles al igual que ambulancias levantando personas, solicitándoles que fueran a casa. A causa de los bloqueos que la policía había establecido mientras se restauraba el orden social, la familia no pudo llegar al pueblo donde vivía su familia. Al entrar al edificio, se encontró con la mujer que con tanta insistencia le pedía salir de su casa a orar la noche anterior. Ella emitió una mirada avergonzada y se disculpó. Claudia le agradeció.

Llegaron a casa y estaban preparando algo de comer cuando muchos mensajes de nuevo llegaron a su celular. Muchos de esos eran disculpas de sus colegas, de sus jefes y conocidos. Eran tantos, que Claudia lanzó el celular al mueble de la sala y mejor se sentó a comer con su pequeña familia, anhelando por fin llevar a cabo lo que había planeado para estas anheladas vacaciones. Es más, pensaba ya en renunciar. Estando a la mesa, dieron gracias y se dispusieron a comer.

Los externos

Una mañana hermosa llena de sol en una zona turística muy visitada de México, un mar agitado por el viento y la lluvia en una parte de Europa, personas observando el glaciar en Argentina, todos ellos estaban frente a algo que jamás había sucedido. En un momento se encontraban disfrutando del paisaje, fotos, risas, todos contentos y en un par de minutos, la escena cambió. Todos estaban huyendo de esos lugares, aterrorizados, clamando ayuda. Algunos caídos eran pisoteados en el camino; carros chocando en su desesperación de huir del lugar, pero ¡¿qué pasaría?!

Minutos antes del suceso se vio en el cielo algo fuera de lo común: unas luces grandes que se acercaron en grupo a la atmósfera y de un momento a otro cayeron al suelo. Eran de gran dimensión y no se lograban identificar formas, sólo las luces resplandecientes que descendían a gran velocidad. Al caer, el impacto creó un silencio total. Por un par de segundos, no se escuchó sonido alguno de vida: ni aves ni animales, nada. Incluso el viento parecía haberse detenido.

De las luces salieron seres con cuerpos en forma de humanoide, sólo que más grandes y con una piel muy extraña, una forma de piel cósmica. No se sabía si era un traje o eran ellos que portaban una especie de protección o coraza corporal; tenían consigo cosas como herramientas. Desde ese momento, todo se movió y el silencio rompió en clamor, en escándalo. Las aves volaron en otra dirección y los humanos se asustaron y huyeron al verlos.

Algunas personas intentaron hacer contacto con ellos, pero estos no los atendían y cuando se acercaban demasiado, eran ahuyentados. Varios seres cósmicos salieron de las luces que perdían tonalidad al pasar el momento y estos extraían equipos y herramientas o armas de su transporte. Algunos de estos quedaban suspendidos en el aire como haciendo algún recorrido. Muchos los observaban de lejos con fijeza, intentando identificar de qué se trataba y obtener material visual que vender a los noticieros. A las cuantas horas, estos seres tenían equipos montados, algunas máquinas flotantes, había algunas que se ensamblaban con otras, estas iban con ellos, los seres tenían cubiertos los rostros y llevaban cosas en las manos.

La gente no sabía cómo reaccionar. Los seres ignoraban por completo a los humanos; los animales huían en ocasiones de ellos. El temor se sintió cuando estos seres comenzaron a caminar junto con sus máquinas hermosas y flotantes nunca antes vistas en la Tierra. Al acercarse a los puntos donde estaba la gente, una luz que deshacía las construcciones destruyó todo un hotel; otra maquina parecía recoger las partículas y otra más parecía deshacer algunos restos. Había otras que formaban una especie de escáner en la tierra. La gente se aterrorizó y fue ese el momento en que el miedo cayó. Los seres siguieron avanzando y con sus armas destruían todo tipo de construcción cercana hasta dejar el suelo raso.

Por increíble que pareciera, los animales silvestres no huían de ellos; más bien lo hacían del ruido o de las vibraciones provocados por el uso de estos aparatos. Parecía como si estuvieran limpiando el lugar. Los paisajes cambiaron rápidamente.

Se le solicitó a la población abandonar el lugar de inmediato. Con todo, unas personas se opusieron y no querían salir de sus casas. Los seres decían algo. Si bien, en un par de minutos comenzó el derribamiento de casas, los seres no querían reaccionar violentamente. Evitando hacerles daño, estos seres alejaban a las personas, en ocasiones con sus fuertes brazos o con sus armas, pero los humanos se obstinaban, no obedecían y entonces sucedió lo peor: ellos accionaron sus armas, la energía que estas desprendían los mató sin destruir su materia orgánica. Los cuerpos muertos quedaban tendidos sobre las aceras, los jardines y todo espacio donde en algún momento hubo una ciudad. Todo ocurrió tan rápido y sin derramar ni una gota de sangre. Más sorprendente fue cuando con ayuda de sus misteriosas máquinas, ellos mismos enterraron los cuerpos al igual que todo tipo de materia orgánica que había sido dañada.

Ese día fue una verdadera pesadilla. A partir de ese momento todos los que observaban entendieron el mensaje y comenzaron a huir dejando definitivamente todo mientras lentamente seres iban avanzando en su limpia. Era como si repararan la Tierra, ya que por un lado destruían las edificaciones y sólo quedaba la tierra limpia, mientras por el otro lado, usaban como una especie de químico sobre el suelo que lo hacía de hermosa apariencia: limpio y puro. Al ir avanzando, iban desapareciendo edificios, calles y monumentos sin distinción, hasta acabar con todo. Unas máquinas recogían restos de elementos metálicos y otras pulverizaban cosas; ni las plantas ni los animales eran tocados en lo absoluto.

La gente de las pequeñas comunidades donde comenzó lo que llamaban "limpieza de los celestiales" se mudaban a otros lugares más lejanos con la esperanza de que este episodio de terror terminara pronto; tenían la esperanza de que las grandes urbes en el mundo no fueran tocadas. Aunque estaban lejos, podían observar cómo su mundo se transformaba y cómo en un solo día, pequeños pueblos fueron destruidos y convertidos en selvas, en lo que seguramente fue en sus orígenes. No había rastro de que en algún momento hubiera habido una ciudad ahí.

Al segundo día de su aparición, fotografías y videos de toda índole estaban circulando en Internet. Había todo tipo de material; ahora se estaban estudiando sus armas, sus cuerpos enormes y cómo se movían con gran facilidad de un lugar a otro. Los científicos buscaban la manera de entenderlos y a sus máquinas, algunas de las cuales eran de gran tamaño con una cobertura transparente, como una mica protectora, flotantes, con tonos oscuros y sin propulsores. No se sabía qué tipo de energía usaban o si estos seres alguna vez descansaban o comían: parecía que no, sólo que en momentos se detenían por ciertas horas en dirección al sol. Surgieron muchas teorías, mas ninguna prometía una verdadera respuesta.

Al segundo día se habían contabilizado también los puntos de inicio al igual que se habían trazado algunas posibles rutas de estos para alertar a las poblaciones. Al tercer día, el gobierno intentó contactarse con ellos, mas siempre eran rechazados y ante la insistencia de helicópteros con cámaras y armas, el resultado fue su devastación: todo era disuelto y en ocasiones, bajas humanas eran lamentadas. Uno de los "externos", como otros solían llamarles, se portó de forma agresiva y de manera rápida derribó varios helicópteros, soldados, carros y todo tipo de personas que se acercaban por curiosidad. Muchos reporteros perdieron sus equipos, incluso varios, la vida.

Se intentó hacer contacto por todas las formas posibles, pero no se tenía éxito alguno. Sucedía lo mismo en otros cuatro puntos del planeta donde cosas similares estaban pasando. Comenzaban en una zona distante, un punto lejano en la costa y desde ahí avanzaban hacia la parte territorial.

Los seres avanzaron poco a poco, con paciencia, lugar tras lugar, carreteras, autos, casas, todo devuelto a un estado de virginidad pura. Finalmente, al tercer día, llegaron a la primer gran ciudad en el continente europeo cerca de la costa.

La población era menor a lo usual ya que mientras muchas personas habían salido de ella, otros se encontraban esperándolos con todo tipo de regalos, rituales o experimentos para contactarlos. Mientras se acercaban, los que ahí esperaban sentían una vibración que provenía de las máquinas en movimiento que lentamente se acercaban a ellos. El corazón de esta gente latía cada vez más fuerte. Finalmente, se presentaron, al menos esta vez ellos se detuvieron, los miraron y, sin más, se abrieron camino y comenzaron su misión.

Al principio, la gente enloqueció de terror, se escucharon gritos, edificios que caían, ruidos fuertes, metales y dentro de un tiempo todo era un silencio y la ciudad era un gran espacio inhabitado con poca vegetación y árboles con un gran campo a su alrededor. El mundo estaba en *shock*; esta vez una ciudad. Si eso había pasado hasta ese momento, el mundo parecía no tener más esperanzas. Lo peor fue que aún más zozobra se sintió en el mundo cuando en las ciudades cercanas se registró un video donde claramente una máquina disolvía el concreto de una carretera que conectaba al primer sitio.

Ya al cuarto día, las sociedades comenzaron a salirse de control: todo mundo quería vivir sus últimos días a como diera lugar, de una buena manera o de una mala; en algunos lados, mucha gente se fue a refugiar a las montañas, mientras en otros, se celebraron fiestas donde se satisfacía todo tipo de deseo: no importaba ya, pues de todas formas sentían que iban a morir. "Gozar, disfrutar, placer, comer, beber" decían los unos a los otros. Desafortunadamente, también había quienes querían llevar a cabo ideas que en otro momento habrían sido una locura. Los gobiernos no podían controlar a las grandes masas. Poco a poco las cárceles comenzaron a tener más personas y, aun así, se cuestionaba si era lo correcto, ya que todo parecía estar destinado a la desaparición.

En el norte de los continentes, los países más ricos, tenían cada vez poblaciones más altas, llegaron al punto de cerrar sus fronteras. Algunas empresas privadas intentaron regresar a los lugares que ya habían sido limpiados, pero los intentos eran en vano. A raíz de eso, descendieron más "celestiales", quienes con gran poder combatían a los que intentaban volver a las zonas inhabitadas. Esto desalentó al mundo. Algunos gobiernos de pueblos pequeños daban discursos de despedida y animaban a la población a estar lo mejor que pudieran y vivieran felices sus últimos días. Finalmente, los hospitales en el mundo se cerraron. Todos debían estar con sus familias a la hora de la limpia.

Al comenzar en las siguientes ciudades, aun viendo la situación que otros habían pasado, algunos gobiernos del mundo se preparaban con todo tipo de armas para atacarlos, incluso se envió a lingüistas, quienes intentaban descifrar su idioma. Tuvieron algunos contactos, pero no entendían y los celestiales continuaban su camino arrasando en ocasiones a todo un equipo; se envió también a personas humildes de buen corazón, religiosos, niños, viejos, todo aquel que pudiera parecer tocarles el corazón, incluso todas las religiones del mundo enviaron a sus representantes en busca de una solución, pero lamentablemente nada tenía un efecto favorable.

Al cabo de diez días, varias ciudades ahora eran campos con selvas paradisíacas en proceso y sin acceso a humanos. Personas que habían intentado entrar por distintos puntos eran atacadas por los "externos" o celestiales y nunca más se sabía nada de ellos. Intentaron introducir drones y todo tipo de equipo de filmación y nada tenía éxito: era como si el planeta hubiera dejado de ser de los seres humanos.

Un día, un joven activista se acercó a un externo completamente desnudo, sin nada en las manos ni en los pies, absolutamente nada. Entonces el externo lo miró como si hiciera alguna especie de escáner, dijo algunas palabras y lo ignoró. Lo dejó pasar a la parte selvática. Este hombre se convirtió en el símbolo de salvación. Era como si él fuera un animal más. El resto del mundo entendió "la clave" al ver eso. En el nuevo, aparentemente debían vivir como animales, también formando parte de un sistema tan perfecto.

En todo el mundo, seres humanos se acercaban a las "zonas limpias" portando absolutamente nada y estos eran también ignorados; pronto, las grandes masas comenzaron a moverse hacia las zonas sur del mundo. Pequeños pueblos se crearon y la vida brillaba de nuevo. Pronto los "celestiales" limpiaron de nuevo zonas donde la gente vivía como antes ya que estaban construyendo, derribando árboles, cazando animales. Esto provocó una nueva ola de "externos"; poco a poco, la humanidad entera entendió que la clave era vivir totalmente de la naturaleza sin afectarla.

Aunque ellos no dejaron de avanzar en su limpieza mundial, las personas creían que finalmente habían encontrado la salida. En una ocasión alrededor de cien personas fallecieron cuando para alimentarse cazaron animales, otros defecaron sobre las plantas o comenzaron a cosechar frutos y a almacenarlos en una zona fría del planeta.

De nuevo el terror se sembró en el mundo. Al parecer las reglas de estos eran muy estrictas. Costó la vida de muchas más personas. Entonces los que observaron esto comenzaron a tener mucho cuidado en la forma en que se alimentaban y hacían sus necesidades. De esa forma vieron que no eran molestados. Ya no se fabricaban armas de caza, comían los frutos y toda suerte de verduras que había en la tierra, plantas y otros se arriesgaron con algunos insectos; poco a poco se iban adaptando a una nueva forma de vida.

La limpieza alcanzó la primera gran ciudad de millones de habitantes. El caos reinó en toda la zona. Aun sabiendo la reacción y el poder de estos, se intentó de nuevo combatirlos con toda suerte de armas; algunas personas lloraban enfrente de los "externos" creyendo que se compadecerían; otros intentaban hacer lo que quienes ya vivían en los bosques hacían y sacaban sus ropas y se inclinaban ante ellos o hacían gestos de amistad ofreciendo frutos, plantas y animales en sacrificio, pero muchos eran rechazados. Sólo los pocos que estaban sin absolutamente nada consigo eran ignorados.

Al ver eso, muchos intentaban hacer lo mismo. Por otro lado, a varios el cambio les llegó y fueron destruidos. Los trabajos no se detenían por nada. Muchos optaban por irse a otras ciudades lejanas donde la limpieza no los alcanzara. Sin embargo, estaban conscientes de que tarde o temprano los alcanzaría. Al cabo de algunos días, una gran ciudad quedó transformada en un gigantesco campo, en el que poco a poco las plantas comenzaron a crecer; los humanos, a vivir en algunas zonas y los animales iban ganando terreno mientras que todo lo construido por la humanidad desaparecía y era derribado.

Muchas personas que ya vivían del lado de los bosques no aguantaban las temperaturas, la necesidad de las carnes, de cubrirse, algunos estaban sumidos en una crisis. Tenían miedo de la reacción de los celestiales. Ellos decían cosas, pero era imposible entenderlos.

Si los humanos mataban algo o cortaban árboles o de alguna forma arruinaban algo de los bosques, eran destruidos en ese momento. Todos los nuevos pobladores vivían con miedo y al mismo tiempo con frustración. No tenían nada de aquello a lo que estaban acostumbrados y desde hacía varios días no existían los servicios que la humanidad moderna tenía, ni Internet ni ninguna forma de comunicarse. No había electricidad ni podían siquiera cubrir su desnudez. No podían construir casas porque arruinaban el bosque. Comenzaron a refugiarse en grandes árboles y a convivir con animales. Incluso cambiaron su forma de alimentación y su higiene.

Mientras que en las ciudades avanzaban los trabajos, muchos lo dejaban todo por entrar a los bosques. Era la única solución. Es como si ahora tuvieran que vivir como bestias salvajes.

Poco a poco las personas comenzaron a adaptarse a la nueva vida lejos de lo que estaban acostumbrados. Sin embargo, se enfrentaron a nuevos problemas como los animales salvajes y la fragilidad humana. Algunas personas se enfermaron debido a las temperaturas, la sobrepoblación en lugares tropicales y el abandono de lugares nórdicos donde las temperaturas eran frías y los "externos" no permitían la explotación de ningún material.

Finalmente, la limpieza mundial se llevó a cabo. El mundo lucía tan distinto al que estamos acostumbrados, el cielo más limpio, un color azul tan claro que se podían ver las estrellas a través de él, la abundancia de alimentos en árboles y una gran variedad de animales también.

La población humana era bastante baja y en las zonas céntricas del planeta se concentraba más. Normalmente, gente joven sobrevivió: la cantidad de humanos viejos era casi nula. La vida era muy diferente.

Un día, a la semana de haberse completado lo que llamaron "limpieza exterminio", los "externos" hicieron una especie de escáner mundial, como si revisaran con sus máquinas a las personas, algunas fueron llevadas y no se supo qué pasó con ellas. Otras fueron simplemente ignoradas. Por último, comenzaron a levantar sus máquinas y se fueron de la tierra. Desde todos los puntos del planeta se vio cómo las máquinas de estos seres se levantaron y con gran velocidad desaparecieron en movimientos ascendentes y a cierta altura, como cometas en el horizonte.

Los humanos ya estaban casi acostumbrados a una nueva forma de alimentación y de vida; sin embargo, al notar la ausencia de los "externos", comenzaron a tentar a la natu-raleza, a comer animales, a crear fuego, a construir casas; muchos no lo hacían por temor a los celestiales, mas nunca se les volvió a ver. Con el paso de las semanas, la gente comenzó un nuevo Génesis, esta vez con nuevos conocimientos y con una nueva conciencia, con un miedo interno del retorno de estos. Surgió una sociedad con una nueva moral, costumbres, miedos, fortalezas, todo; una nueva humanidad renació.

Las plagas

Era una hermosa mañana llena de vida, el sol iluminaba la ciudad, personas en camino a su trabajo o a la escuela provocando el habitual tráfico de las mañanas en la ciudad de Huntsville, Alabama. Claire iba a su trabajo y justo saliendo de su estacionamiento se acordó de que había olvidado su desayuno y regresó por él. Ella detesta comer insano y no compra comida ni come nada que no haya preparado con sus propias manos.

Al ir retrasada unos minutos, manejaba de manera apresurada a su trabajo, más adelante había un tráfico inusual que no avanzaba. Claire estaba preocupada y molesta: se asomaba fuera del auto a ver qué era lo que estaba sucediendo. Entonces vio que muchas personas estaban de igual manera en camino a sus trabajos, estaban detenidos y había muchas más personas que de costumbre.

Ella suele tomar la avenida Clinton que cruza el río Pinhook Creek. A cada minuto se asomaba, se desesperaba mucho por la lentitud del tráfico. Estaba buscando su celular para hacer un par de llamadas cuando observó que había un gran grupo de gente a las orillas y se extrañó al ver el color del agua con un tono rojizo. "Un accidente; tal vez algún químico cayó al agua." se dijo mientras avanzaba lentamente. Al acercarse más, junto a varios autos detenidos en plena avenida, observó que más personas se descendían de sus autos y se aproximaban a la orilla. Decidió bajarse también y entonces no pudo negárselo más: ¡algo extraño estaba sucediendo en el río!

Asustada, regresó a su auto y enseguida buscó las noticias. Escuchó que el reporte estaba siendo el mismo en otras ciudades, las aguas se habían teñido de un color rojizo, parecido al de la sangre. El conductor del noticiero especulaba al decir que esta era sangre, pero Claire no lo creyó. "En realidad la sangre no se ve así o ¿de dónde saldría tanta?". Se quedó aún más sorprendida cuando escuchó sobre una gran mortandad de especies animales que viven en los ríos y otros cuerpos de agua.

Claire no pudo más con la noticia, detuvo su auto en una orilla cercana a su trabajo y buscó más información sobre lo que estaba pasando. Entonces encontró que no sólo era en su país, ¡sino que estaba pasando en muchos otros! Era un fenómeno muy extraño y difícil de explicar, ya había científicos que habían comenzado a investigar y a explicar el contenido de estas aguas. Vio fotos en redes sociales de cómo estaba el agua en otros lados y no podía creerlo.

Después de un momento se apresuró a su trabajo, por supuesto, ya era demasiado tarde para entonces pero no era la única. Varios de sus compañeros se habían detenido también a observar el cambio del agua: era el tema de conversación de todos.

Claire platicó con sus compañeros y al cabo de unos minutos llamó a todos a seguir trabajando mientras el misterio se resolvía. Ella también se sentó al escritorio: tenía muchas tareas que efectuar, pero el asunto giraba en su mente. Intentaba concentrarse y escribir los reportes recopilados en el sistema de su empresa; sin embargo, no dejaba de pensar en lo que sucedía. Su mente la llevaba a pensar en las posibles plagas del antiguo Egipto: "¿Y si se repiten todas?". Sin que la observaran abrió en su buscador y escribió "plagas del antiguo Egipto". Se preguntó por qué Dios había enviado estas plagas; alguna vez había escuchado la historia, mas no le había quedado clara la razón de la existencia de las mismas.

Después de un momento, encontró información sobre la liberación del pueblo de Israel en aquel entonces. Se preguntaba si en la actualidad ese país estaba bajo alguna especia de esclavitud. Los resultados de su búsqueda indicaban lo contrario, era, de hecho, un país que actualmente goza de su propia soberanía. "Y entonces, ¿qué sucede?"

Preocupada, le llamó preocupada a su esposo, pero no contestó. Sus dos hijos debían estar en la escuela. Ella quiere ya terminar su día para poder reunirse con ellos y platicar de este fenómeno. Su hijo menor, quien estaba tomando un curso de idiomas en otro país, la llamó y la tranquilizó. Al parecer donde se encontraba el fenómeno no había sido tan fuerte. Claire insistía a la familia con la que vivía su hijo en que por favor mantuvieran el contacto con ella todo el tiempo.

Finalmente, el día terminó, a prisas. Saliendo de su trabajo tomó otra avenida para llegar rápido. Ya en casa, los tres estaban reunidos en la mesa y no dejaban de ver videos, fotos y mucha evidencia de lo que sucedía en el agua. Incluso había quienes aun así la estaban consumiendo, era muy desagradable. Había reportajes de cómo en algunos lugares donde el agua del río es sagrada, había miles de personas orando para pedirle a los Dioses que regresara a su forma normal. Otros reportajes comentaban que efectivamente se habían encontrado componentes de la sangre en el agua, pero lo que no podían explicar era el origen de estos. Era como si fuera divino. Fue tanto el clamor sobre lo que pasaba que incluso se les olvidó cenar. Se quedaron hasta tarde viendo noticias, contactando amigos y familiares, la noche se hizo muy larga.

A la mañana siguiente el río seguía teniendo el mismo aspecto: Claire salió más temprano de casa para ir a tomar fotografías del agua. Se acercó también a la orilla y la tocó. Había mucha gente que hacía lo mismo y la policía no podía detenerlos a pesar de que había carteles que llamaban a la población a no tocar, nadar ni dar algún otro uso al agua, misma que al parecer se había vuelto más viscosa y despedía un olor desagradable. Se especulaba que pronto los abastos de agua potable en la ciudad se terminarían y no sabían cómo podrían purificar esta agua para consumo humano.

De nuevo en el trabajo todos comentaban lo mismo. Uno de sus compañeros no se presentó a trabajar; la euforia de este evento se estaba volviendo muy intensa y surgían muchas teorías al respecto. Según los religiosos, esto era imposible porque Dios no usuaria las plagas de nuevo para destruir al mundo. La pregunta era: "¿entonces de qué se trata esto?". Simplemente nadie podía responder esa enorme incógnita.

No pasó nada durante los dos siguientes días, incluso el agua poco a poco comenzó a tener su color natural y la vida en ella comenzaba a reaparecer. Era muy extraño. Para esto, se descartaron cientos de teorías. Se hablaba sobre la posible evolución de algunos componentes del agua, mas no se confirmaba nada. Todos estaban agradecidos de que este extraño fenómeno hubiera terminado.

Claire se levantó muy temprano para ir de nuevo a observar el cambio del agua. Quería también tomar algunas fotografías. Mientras preparaba su contenedor con alimentos, de reojo observó que había algo pegado en su ventana. Al verlo, dejó caer la taza de café que tomaba mientras alistaba sus cosas. Tras escuchar el golpe, el esposo salió de la habitación y también se quedó atónito: había una pequeña rana en el cristal de la cocina que da hacia su patio trasero. Los dos se miraron como dándose un mensaje de alerta. El hombre salió a su patio y no encontró ninguna otra. La tranquilizó y ayudó a Claire a prepararse e irse.

Llena de incertidumbre y curiosidad, pasó por la avenida donde, según reportes de tráfico, de nuevo había muchas personas obstaculizando el camino. El noticiero relataba algo aún más sorprendente que estaba pasando. Algunas personas habían comenzado a presenciar ranas en sus patios. Al principio eran pocas, muy pocas, pero esto cambió rápidamente, ya que comenzaron a aumentar su número. En todos lados se podía ver muchas de ellas. Claire iba en la carretera y constató esta información. De hecho, le dolía mucho y cerraba los ojos al sentir cómo su vehículo aplastaba cientos de ranas en el camino. Nunca había visto tantas.

La gente estaba aterrorizada y decían que eran las plagas. Muchos corrieron a leer el relato en búsqueda de una explicación. Según la historia, tenían prisionero al pueblo de Israel, pero este no lo estaba en la actualidad. Incluso en este país estaba sucediendo el mismo fenómeno. No obstante, el parecido era idéntico.

El esposo de Claire estaba muy alarmado, por dentro veía a su hijo Bryan, quien estudiaba la escuela preparatoria, y no podía contener las lágrimas. Desde que estaba pequeño había escuchado que los primogénitos murieron y esa fue la última plaga; lo abrazaba cada vez que podía, de hecho, impedía que él buscara información sobre estas plagas porque no quería que él descubriese que moriría. "Su primer hijo varón", pensaba para sí mismo "tan joven, tan hermoso, tan lleno de vida, apenas tiene 17, no ha vivido nada, ¡Dios! ¡Por favor, él no!". Quiso discutir el tema con su esposa, pero Claire se lo prohibió.

Las empresas de control de plagas no se daban abasto, comenzaron a sacar por centenares las ranas que había en todos lados; parecía que sólo una especie de esta se había sobrerreproducido. No encontraban rastros de otras especies. La gente estaba muy asustada, los incrédulos aún decían que tenían que esperar otra plaga más; que según ellos era una posible coincidencia que estuviera afectando al mundo; que esto era consecuencia del problema de las aguas. Además, había quienes afirmaban que esto era el resultado directo de que las ranas no hubieran podido vivir en los ríos, lo que provocó que se agruparan y por ende se sobrerreprodujeran. Era todo un alud de opiniones al respecto.

A los pocos días, aún estaban limpiándose las grandes avenidas y todo tipo de terreno, cuando la familia se encontraba en el jardín también limpiando y Bryan sintió un piquete de mosquito. Fue entonces que se convencieron de que esto era algo divino. Los mosquitos se convirtieron en una verdadera plaga. A raíz de ello, algunas personas desarrollaron enfermedades y algunas las llevaron a la muerte. Por primera vez se decretó una cuarentena para los grupos de mayor riesgo.

Claire había decidido no ir a trabajar y su esposo también. Su hijo Bryan se había dado cuenta de que le estaban prestando muchas atenciones, incluso más que a su hermano; también que al verlo, su madre volteaba su cara para llorar por momentos.

Bryan no podía soportar el hecho de ver a sus padres tan angustiados. Algunos de sus amigos que también eran los primogénitos contaban historias similares. Entonces, él se encerró en su habitación en busca de algún contacto con Dios para pedirle, más que una explicación, por sus padres que sufrían mucho. No se le había educado con una religión, esto había sido algo risible hasta ese momento, pero algo dentro de sí, le impelía buscar sobre el Creador. Incluso se arrodilló y aunque no conocía quién era Dios o si de verdad existía, le pidió ayuda y le imploró perdón; pidió con mucho sentimiento que esta pesadilla no avanzara.

Los mosquitos llegaron a un punto tan extremo que provocaron muchas muertes, accidentes y bajas en los animales. Todo esto llevó a una falta de productos alimenticios de primera necesidad. Algunos otros artículos como los antirrepelentes habían subido excesivamente de precio; había camiones fumigando las avenidas de la ciudad, y desafortunadamente incluso las bolsas bursátiles del mundo reportaban bajas poco a poco.

Al poco tiempo de los mosquitos, algunas personas argumentaban que habían tenido piquetes de tábanos. Sin embargo, no les creían porque la gente sentía que eran sensacionalistas, mentirosos que sólo querían infundir miedo en la población. Algunos incluso eran golpeados por hombres enfurecidos. Pero pronto, se sintieron más y más; aún se estaban limpiando las avenidas de los mosquitos por temor a que estos se convirtieran en portadores de alguna enfermedad cuando algo más peligroso apareció en escena...

Estos eran los tábanos y picaban tanto a la gente como a los animales. En su angustia o dolor, algunos de estos animales escapaban de una forma u otra con tal de protegerse. Todo indicaba que estaban viviendo las plagas de Egipto. Sin embargo, no comprendían por qué Dios mandaría estas plagas en tiempos modernos; según muchas personas esto no era lo que se tenía profetizado. No había una explicación razonable. Muchos argumentaban que el hecho de que las ranas murieran y fueran acumuladas había fomentado la proliferación de los mosquitos y tábanos o que, al tener componentes de sangre, las aguas del río habían hecho que los moscos se reprodujeran más.

Los grandes granjeros y criaderos de animales temían lo peor, sus animales podrían comenzar a morir. Algunos habían tenido enormes pérdidas; otros, sólo significantes. Desafortunadamente eso fue justo lo que pasó: algunos animales se comenzaron a enfermar y morir, creando grandes daños económicos para muchas personas y ocasionando escasez de alimentos en muchos lugares. A partir de esta etapa, algunas personas comenzaron a quitarse la vida por temor a lo que aún venía. Muchos gritaban a Dios por una explicación; otros se arrepentían de sus grandes pecados y otros más hacían lo que querían con quien fuera, total, según ellos "ya estaban muertos" y, todavía peor, había quienes estaban tan enfurecidos que insultaban a Dios por su supuesto trato injusto.

Claire y su familia estaban aterrados: acaban de ver morir a su perro. Ella estaba desesperada junto con su esposo buscando la manera de traer a su hijo de vuelta a casa. Se encontraba tan lejos y las aerolíneas estaban saturadas. Incluso los precios habían aumentado de forma descomunal. "¡No importa; es nuestro hijo!" le decía a su esposo, quien intentaba calmarla diciéndole que estaba con una buena familia y que ellos lo iban a cuidar. Las clases en su escuela se habían suspendido a causa de los insectos.

Al día siguiente ninguno de ellos fue a trabajar y su hijo no iba a la escuela: esta había sido cerrada por un par de días. Aunque se contenía casi todo el tiempo, Bryan lloraba en algún momento del día porque tenía miedo. Su hermano le llamaba y le contaba cosas que habían hecho juntos y eso lo animaba mucho. Incluso en la distancia, lloraban juntos y platicaban largo tiempo.

Pese a que habían comprado previsiones, les inquietaba que estas pudieran terminar pronto, no querían salir debido a que las picaduras de los insectos estaban provocando úlceras en la piel. Estaban viendo noticias y ya en algunas partes del mundo había comenzado a aparecer gente con mucha picazón y que se lastimaba a sí misma y a otras personas les había brotado una especie de llagas que se infectaban.

El caos en el mundo comenzó a aumentar; los gobiernos no tenían ninguna idea de lo que estaba sucediendo y estaban buscando la forma de resguardarse de esto. Algunos presidentes o altos funcionarios decidieron encerrarse en sus grandes casas con sus empleados creando una especie de pequeña comunidad. Las escuelas estaban luchando entre alternativas a la educación como plataformas en internet o transmisiones, todo para que sus estudiantes no se presentaran en las instalaciones; sin embargo, muchas interrumpieron el ciclo escolar hasta nuevo aviso. Por otro lado, la mayoría de las empresas estaban colapsando al igual que la economía global. Los hospitales estaban muy llenos e incluso muchos doctores y enfermeras se habían rendido después de tanto trabajo y se habían ido con sus familias a "vivir el fin".

Se temía que una gran granizada cayera, por lo que se pedía a la gente que no saliera de sus casas y se resguardaran con sus animales, sus autos, todo lo que les perteneciera; sin embargo, no caía la granizada que se esperaba. La gente estaba exasperada al ver que esto no sucedía. El pronóstico del clima parecía equivocarse, pero los estudios revelaban formaciones de masas frías sobre varias áreas del país.

La familia de Bryan estaba aterrada viendo las noticias en los pocos canales que aún quedaban, cuando se informó que una enorme tormenta se estaba formando en el océano Pacífico y que estaba tomando un gran tamaño. Al poco tiempo otra se estaba formando en el Atlántico. Al ver esto, Bryan estalló en lágrimas, no podía más, quiso salir corriendo de casa, pero su padre lo detuvo y lo abrazó muy fuerte. Lo consoló con palabras de cariño y agregando que su hermano pronto estaría con ellos y que juntos tenían que estar. Además, su padre le pidió ayuda como hijo para tranquilizar a su angustiada madre que ni siquiera comía por estar pendiente de su familia y sobre todo de Tom.

Para eso, el vuelo de conexión de Tom había sido cancelado a causa de esta tormenta. Su madre se culpaba, ahora su hijo estaba en otro país esperando un avión que había sido cancelado y se encontraba solo, en medio de dos países lejanos. Ambos rogaban al cielo por el bien de su joven hijo. En casa, en una videollamada todos lloraron juntos y se abrazaron por mucho tiempo. Tom estaba bastante asustado porque no tenía adónde ir y tampoco podía regresar con su familia anfitriona. Estaban en espera de las noticias para que él pudiera tomar el segundo vuelo que lo traería a casa.

El padre estaba cansado de tantas noticias negativas que en su coraje apagó la televisión. Prometieron mejor no ver las noticias y estar juntos. Jugarían cosas, platicarían mucho, verían los álbumes de fotos de la familia, cocinarían algo rico para esperar a Tom. Tenían que estar juntos pasara lo que tuviera que pasar, fuera vivir o morir, pero tenían que ser fuertes y estar unidos.

El padre había salido a conseguir provisiones. Esto no fue tarea fácil. Las ventas estaban racionadas; las filas eran enormes. El hombre tenía sueño y mucho cansancio, pero el amor por su familia lo mantenía vivo. En su auto ocultaba un arma, misma que al descender de él, guardaba en la parte de atrás de su pantalón; en la mano llevaba un bate de beisbol: tenía que llevarlos ya que la inseguridad había aumentado considerablemente. Por fortuna, no encontró mucha gente en la calle y compró sólo algunas cosas que se le permitió.

Esas noches se temía que hubiera un fenómeno natural no esperado. Para su suerte, ellos en particular no vieron ninguna granizada como se creía, tampoco habían avistado ninguna langosta. Claire se decía a sí misma y a su familia que no sucedería ninguna muerte entre ellos. La ciudad había estado tranquila. Al parecer las tormentas sí habían afectado varios países, pero no a todos. Los alimentos estaban escaseando y pronto los servicios de comunicación se vieron afectados en muchos lugares. Los padres de Tom estaban ya aterrados con la idea de no poderse comunicar con su hijo.

Las tormentas habían perdido su potencia, pero habían dejado una gran formación nubosa que estaba cubriendo varias extensiones de tierra y se formaban más; nubes completamente grises que poco a poco cubrieron muchos territorios creando un poco de oscuridad en muchas ciudades. Por fin, el avión de Tom había despegado pero el miedo ahora era esta oscuridad que se formaba. El vuelo tomaría más de seis horas. El padre decidió ir al aeropuerto desde que supo que Tom ya había abordado el avión. Estaba con las manos empuñadas y en la espera de que su hijo por fin llegara para llevarlo a casa de inmediato. Claire veía las cosas de su hijo y por dentro pedía con muchas fuerzas que Tom llegara a casa lo más pronto posible.

Claire entró en la habitación de Bryan y él inmediatamente retiró sus audífonos de sus oídos. Su madre le preguntó cómo se sentía y él se sinceró con ella. Había sido un joven fuerte e incluso un poco orgulloso en la escuela, pero ahora su corazón había cambiado mucho y le expresó su miedo a su madre. Ambos platicaron de muchas cosas y ella lo tranquilizó.

En el mundo había gente muy desequilibrada que salía de sus casas en búsqueda de una muerte antes de que el gran fin llegara. Aun así, había quienes no creían en lo que estaba sucediendo. Se decía que la solución era creer: si creían no pasaría ninguna otra plaga. Creían en los Dioses, en las plagas;

había círculos de oración por todas partes: bares, discotecas y otros lugares públicos de diversión eran usados para refugiar a personas que lo habían perdido todo. Había empresarios que donaban muchas cosas para ayudar a otros. Todos se lamentaban las pérdidas tanto humanas como materiales. Era dolorosamente difícil de creer en las estadísticas de mortandad a causa de accidentes y otros males de las plagas que habían acontecido.

Entrada la noche, Bryan y Claire estaban preocupados. No tenían servicio de telefonía a causa de las extrañas nubes que estaban llenando el cielo. Bryan abrazó a su madre quien tomaba un té para calmarse. En ese momento escucharon la puerta abrirse y corrieron.

–¡Gracias al cielo! –gritó Claire eufórica mientras abrazaba a Tom y lo besaba con desesperación.

Él también estaba muy asustado. Contaba cómo había vivido las plagas anteriores en donde estaba y que la gente estaba realmente muy aterrada. Los cuatro se abrazaron y sollozaron juntos por un largo rato.

Había gritos en las calles de gente enloquecida con los eventos que estaban sucediendo. Nadie salía de sus casas para ese momento. Ellos decidieron asegurar su casa, sus ventanas y se sentaron a cenar y platicar. Lo hicieron por largo rato, luego se divirtieron con juegos de mesa; pasaron mucho tiempo alegres. Cuando ya era la hora de acostarse, al padre se le ocurrió hacer una especie de pijamada juntos y que se quedaran todos en la misma habitación llevando las cosas más valiosas para cada uno y tenían que decir por qué. Al principio Bryan no quería: sentía que eso era juego de niños e incluso Tom pensó lo mismo, pero los momentos anteriores habían sido tan buenos que él no tardó mucho en unirse. Finalmente, Bryan se convenció que eso sería bueno y accedió. Después de un largo rato todos durmieron.

La familia de Claire sabía lo que la siguiente plaga traería al mundo, no podían permitir que su hijo mayor muriera por algo que no tenía sentido, que no entendían, no era justo que un muchacho tan joven muriera por ninguna razón. A partir de esa noche dormían todos juntos. Al principio Bryan se sentía incómodo, pero al ver que las plagas terminaban y que en cualquier instante la última acaecería, se entregó más a sus padres. Claire no sabía nada de su demás familia, estaba preocupada por su hermana. Su esposo tampoco sabía en lo absoluto de la suya, por dentro, se acordaba de su hermano mayor, quien había muerto en un accidente hacía algunos años y se preguntaba si sería él el primogénito ahora. Esta idea estaba en su mente y no lo dejaba dormir tranquilamente. No era el único: muchísimas personas más pensaban de la misma manera.

Transcurrió una noche y no pasó absolutamente nada, luego otra y otra más y así se cumplió una semana. La gente comenzó a salir de sus casas desesperados por ver qué le ocurría al mundo. Pasaron más días y la reconstrucción de las ciudades estaba más fuerte que nunca. Se contaban muchos muertos por distintas razones. La oscuridad se había ido, los animales estaban de nuevo en el campo, incluso en las ciudades se veían de nuevo los pájaros. Claire sintió en su corazón que ya había pasado todo y que podrían vivir juntos y felices. Muy dentro de ella sentía que se engañaba, que pronto tendría sólo un hijo.

Al cabo de un par de semanas, el mundo respiraba un aire nuevo, un nuevo mundo estaba brillando, un mundo limpio; las aguas del río estaban muy limpias. La gente se acercaba al río a dejar una flor o una carta con una flor en nombre de todas las vidas perdidas.

La Ciencia reveló que las plagas habían ocurrido una tras otra por el resultado de la anterior. La contaminación de los mares hizo que el agua se tornara roja por una reacción química; se descubrió que en los océanos no había sucedido así y eso dio pie a que las otras plagas sucedieran. Los grandes científicos aseguraban que no había habido nada sobrenatural.

Al cabo de varias semanas, estaban en casa tranquilos, cenando juntos, riendo. El padre quería tanto a su hijo, amaba más a este porque estuvo a punto de morir. Bryan había dicho algo que había hecho reír a su padre y este le jugó el cabello. De pronto sintieron un temblor que pasó de ligero a más fuerte: el miedo se apoderó de los corazones de todos. Corrieron para salir de casa y vieron que a lo lejos las montañas expulsaban gases. Se preguntaban cómo era posible que eso pasara... Un movimiento de las grandes placas de la tierra había ocasionado el colapso de algunas ciudades, derrumbes y en algunos lados erupciones que arrasaron con poblaciones enteras.

Estaban listos para el final. La madre tenía a Bryan abrazado por la espalda, el padre lo tomaba de un brazo y su hermano del otro. Una especie de ola expansiva cubrió todo. Sintieron cómo el viento con partículas de pequeñas piedras tocó la piel de todos.

Se abrazaron más y más fuerte, deseando que no pasara lo que temían. Para su fortuna, ninguno de ellos murió. Bryan estaba bien. Su familia no dejaba de llorar. Su madre cayó de rodillas abrazando al joven y agradeciendo a Dios, deseando que esta pesadilla hubiera terminado por fin.

Los niveles

Hilary siempre se había preguntado qué habría después de la muerte. Había leído numerosas historias sobre el inframundo, el limbo, el infierno, el cielo, el paraíso, la eternidad, el mundo de los espíritus. Pero a pesar de todas esas explicaciones que el ser humano le ha dado a esto, no le era posible corroborarlas: eran historias subjetivas para ella, inventadas por el hombre para explicar algo que no ha vivido y que es imposible en algún momento comprobar.

Después de la escuela, en algunas ocasiones ella se dirigía a una biblioteca a leer sobre este tema, también había platicado con algunos religiosos y estaba convencida de que viviendo en un universo tan grande era imposible que fuera sólo un grano de arena en un inmenso mar.

Era una chica muy bondadosa y creativa; le gustaba imaginar miles de cosas, siempre con una mira hacia lo trascendental. Deseaba ser un ser infinito y poder ver más allá de lo que los humanos podemos observar desde la tierra. Se imaginaba cómo sería acercarse a las estrellas más grandes, cómo poder moverse de una galaxia a otra, sentirse viva más allá de la existencia que todos tenemos, por supuesto que para eso tendría que tener otra clase de cuerpo y alguna forma de transportarse. Imaginaba que algún día podría ser astronauta: ¡eso sería fantástico!

Por años había leído historias de superhéroes y de seres cósmicos. Le encantaba visualizar programas en donde los personajes viajaban por el espacio. Lo más fascinante era disfrutar de las tomas artificiales hechas maravillosamente en una poderosa computadora y como transportes espaciales podían viajar a través del espacio sideral.

Una mañana se levantó como de costumbre a la escuela, desayunó, se despidió de su familia, tomó el metro de la ciudad e iba muy tranquila leyendo un libro cuando, a lo lejos, escuchó una gran explosión, pudo sentir la vibración del suelo que en instantes se cimbró con mayor intensidad. Entonces una nube de cristales y gritos sacudió el lugar. Fue todo tan repentino que ella sólo cerró los ojos y perdió el conocimiento.

Poco a poco fue despertando, sintió mucha luz a su alrededor, misma que fue disminuyendo de intensidad conforme se activaba su conciencia. Vio entonces lo más hermoso que sus ojos habían contemplado en toda su vida: "el hermoso universo". Estaba tan maravillada que no podía creerlo; estaba literalmente extasiada. Entonces miró a su alrededor: había dos seres que estaban a su lado. Ellos le dijeron "hijo". Ella se extrañó y quiso corregirlos, pero no podía expresarse más; observó todo a su alrededor y se dio cuenta de que estaba en una especie de desiertos gris, como un planeta pequeño, con poco brillo; con formaciones de algo parecido a la arena y colinas de distintos tamaños. A lo lejos había más seres que le daban vida al lugar con su luz. Ahí no había casas, muebles, ni nada parecido; era una especie de vida silvestre espacial.

Ella quería hablar y hacer muchas preguntas, pero no podía siquiera formularlas, no podía conectarse con su todo. Apenas si podía entender lo que sucedía a su alrededor. Sus movimientos también eran lentos, su vista tenía que enfocarse como una cámara para ver a su alrededor. Sus "padres" la tomaron y la llevaron consigo a otro lado; ahí observó las distintas formaciones rocosas. Luego ellos mostraron a otros seres y ellos la veían con seriedad y alegría. Ellos se movían muy rápidamente de un lugar a otro, mostrándole las estrellas. Eran tantas y de distintos tamaños, formas y colores; le encantaba ver cómo estas iluminaban el oscuro universo y entre su discurso, ella logró entender la palabra "límite", mas no comprendió del todo de qué se trataba.

No dejaba de mirar todo; quería hablar, pero una fuerza le faltaba. Estaba a punto de decir su primera palabra cuando todos miraron en la misma dirección por una razón que tampoco entendió. En unos segundos vio que todos amaban tomar la luz que provenía del sol. Todos brillaron de una forma hermosa, pero su luz no dañaba sus ojos. De hecho, sus padres también fulguraron de la misma manera y la expusieron al sol.

Hilary aún no sentía su cuerpo adaptarse a su nueva forma de existencia; al menos eso pensaba para sí misma, pues no podía expresarse. No sentía transcurrir el tiempo. Se decía que no sabía cuánto tiempo había estado siendo expuesta al sol, pero se maravillaba por cómo esa luz los llenaba de energía. Sentía que podía moverse, que una fuerza llenaba su cuerpo. Ella observaba con detenimiento cómo los demás seres recargaban su potencial, no sabía si era como dormir o como alimentarse, pero sus cuerpos tenían formas humanoides con una silueta de luz que casi siempre era amarilla y en ocasiones blanca y nunca antes había notado que el blanco tenía miles de tonos. Ella se preguntaba si ella misma era un ángel.

Poco a poco, aprendió a moverse de un lugar a otro, podía expresar ciertas emociones, no es que existiera un idioma, pero de alguna forma, la luz que emanaban emitía emociones. No existían sonidos ni tonos; era una especie de onda que emitía para transmitir mensajes claros y precisos; en ocasiones distintos tonos de color salían de su cuerpo. Podía entender cada vez mejor que tenía que alimentarse de la energía del sol, que esa energía era infinita, que tenía que aprender cómo funcionaba el universo, en particular las estrellas, las que se clasificaban en movientes y estáticas. No debía tener contacto con los seres que viven en los planetas, ni entrar a los agujeros negros: eran mortales. Entonces pensó: "Quiere decir que podemos morir".

Aunque estaba un poco consciente de su vida anterior en la Tierra, no se hablaba de ello. Uno de sus padres quien dijo ser su "guía", le mostró que sólo las enseñanzas buenas, el aprendizaje y nuestras acciones que tuvieron más emoción son las que podemos recordar; que no todos los que mueren en la tierra nacen de nuevo en el cielo. "¡Es el cielo y el infierno!", pensó, pero su guía la contradijo:

—No existe tal cosa, estamos en otro nivel de la existencia; no sabemos qué hay más allá porque no lo hemos vivido, pero estamos seguros de que hay seres superiores a nosotros, por eso debemos hacer lo que se nos indica.

—¿Cómo saberlo? ¿Hay algún libro de leyes en donde esté escrito lo que hay que hacer y lo que no? —preguntó Hilary.

—No. Este conocimiento me lo transmitió alguien antes y yo te lo transmito a ti. Es mi deber transmitírtelo todo para que tu existencia sea perfecta, dures mucho tiempo y finalmente veas al gran Ser Superior.

—¿Y dónde está tu guía? —preguntó.

—Mi guía no está con nosotros ya. Él está en otro nivel. Aquí así lo creemos. No sabemos exactamente dónde está, pero es posible que fuera de este sistema. Tus guías son dos personas que tienen el nivel de conocimiento superior. Cuando nuestro guía se va por alguna razón, sentimos que estamos listos para ser guías. Llegará el momento en que tengas mucho conocimiento y entonces crecerás y te convertirás en uno. Hay grupos que son numerosos; en otros son pocos. En nuestro caso sólo somos nosotros. El universo está lleno de sorpresas, muchas fuentes de energía que tienen que ser controladas o sería catastrófico para las criaturas de los planetas. Iluminar los espacios vacíos y oscuros es nuestra labor; desviar o detener las rocas flotantes que se mueven a una gran velocidad también, así como advertir a otros de algún cambio en la dimensión o luchar contra los monstruos negros a los que le llamas "agujeros negros". Nadie se ha atrevido a explorar los espacios vacíos; no sabemos qué hay ahí con exactitud. Por eso poco a poco vamos iluminando. Sé que tienes muchas preguntas, pero poco a poco serán contestadas.

La explicación del guía había creado en Hilary una nube enorme de muchas más preguntas que tenían que ser respondidas. Y como no existía el tiempo, la noción de apuro tampoco. Por tanto, tenía todo el tiempo para aprender de ellos. No podía esperar más, estaba a punto de dar su primer gran salto cuando el sol de nuevo tocó el planeta y todos los seres salían a su encuentro. Ella también lo hizo. Lentamente podía sentir los rayos del sol como si una ligera temperatura atravesara su cuerpo y sentía un gran placer.

"¡Placer!": esta palabra saltó a su mente y quería una respuesta, pero nadie podía atenderla ahora: todos estaban extasiados al recibir el sol. Al mirar a su alrededor se dio cuenta de que algunos no estaban recibiéndolo, eran pocos, pero no parecían satisfechos. Ella quería seguir las reglas y mejor siguió tomándolo. Sin quererlo, se distrajo al ver que algunos se marchaban antes y no los podía perder con la vista; de hecho, su visión era de un amplio que a pesar de que los seres viajaban a una velocidad enorme, ella podía seguirlos viendo y a más de uno a la vez. Estaba muy centrada viéndolos cuando sintió que le estaban llamando la atención para redirigirla a la luz. Inmediatamente volvió su atención al recibimiento del sol.

Más tarde logró su primer gran salto, estaba llena de energía y por fin pudo ver dónde vivía: era una luna de Saturno. El planeta lucía hermoso. Podía sentir cómo una fuerza invisible atraía las cosas hacia él y cómo emitía un sonido que era diferente al de los otros astros. A lo lejos vio la Tierra, hermosa; también algunos satélites que estaban a su alrededor. Se preparó para dar un salto enorme hacia ella, pero una luz la detuvo. Su otro guía se lo impidió:

—No debes acercarte a la Tierra ni hacer contacto con los seres.

Hilary sintió que se lo dijo con mucha autoridad y preguntó por qué.

—En la Tierra viven sólo seres orgánicos y nosotros no lo somos —respondió el guía—. No debemos mezclarnos con ellos. Nuestra vida es aquí. Ellos tienen que cumplir un propósito. Si hacemos contacto con ellos, dejamos nuestra belleza, nos convertimos en algo horrible, ese algo se queda atrapado automáticamente ahí; perdemos lo que nos hace únicos y nos convertimos en una lucha entre una dimensión superior y la orgánica, nunca más se puede salir de ahí. Es posible que desaparezcamos al no tener la energía que proviene del sol a esta distancia. Los que han entrado para ver a sus familias o amigos no han salido. Que no se te nuble el juicio, no debes ir ahí.

Desde lejos, Hilary observó a las personas de la Tierra; vio a su madre sentada en un sillón y claramente esta volteó a ver, como si supiera que la estaban observando. Hilary se asustó e inmediatamente se fue con sus guías.

"Todo lo que el guía mencionó tiene cierto sentido. Entonces los fantasmas sí somos nosotros, pero desde otra dimensión que quiere hacer contacto con los humanos. Es por eso que existen tantas historias. Seguramente muchos seres han caído en ese error. Si es así, quiere decir que la muerte está también en este nivel de existencia", concluyó.

Los tres comenzaron un viaje de un lugar a otro dando saltos extremadamente rápidos, veían las estructuras, los colores, los materiales, las luces; entonces una lejana luz parpadeaba. Ellos advirtieron no ir ahí: "Esa clase de luces hace que pierdas tu poder y quedes a la deriva y podrías desaparecer. Hay energías que debemos evitar y energías que debemos buscar. El sol es una energía a buscar; esa estrella es una energía a evitar."

Tiene sentido, los seres no entraban a los planetas que tenían una capa protectora; decían que esos "eran del Creador" y sólo miraban desde lo lejos o los ignoraban. Sólo se ocupaban de alejar peligros como cometas que pudieran tocar a alguno de estos planetas. Recorrieron todas las lunas de los planetas, también algunos de esos planetas que estaban deshabitados, meteoros que fueron desviados. Advertían de algunas explosiones en el universo. Esto era demasiado bueno para Hilary, quien siempre había soñado todo. Era como una máquina galáctica receptora de información, tanta, y aun así podía recordar todo.

También viajaron cerca del sol y de un momento a otro, sintió la necesidad de él. Sin importar lo que estuvieran haciendo, en algún momento volteaban a él. Preguntó por qué algunos no lo hacían.

—Ellos son seres que están en contra de este orden, son seres rebeldes, se alimentan de estrellas que se nos ha prohibido, creen que pueden tener una existencia alterna y que son felices así. Sin embargo, sus experimentos no duran mucho. Al cabo de algún tiempo desaparecen.

—¿Qué pasa cuando alguien desaparece? —preguntó.

—Cuando alguien siente que está por irse, entonces reúne a los suyos que aún existen y frente a ellos entrega su luz, es decir, se desvanece, aquí no existen sentimientos débiles como en los planetas vivientes; estamos conscientes de lo que sucede y la transformación o la muerte es lo que sigue. No sabemos con claridad cómo funciona, pero es mejor no cuestionar el orden en que vivimos: entre más aprendamos de este universo, mejor.

—¿Planetas vivientes? —preguntó Hilary.

—¡Sí! —exclamó un guía—. Un planeta viviente es un planeta que tiene vida, casi siempre las criaturas son similares pero el ambiente hace que estas tengan mejores habilidades unas que otras. Tú, por ejemplo, vienes de un planeta viviente, el cual no es el único, hay muchísimos más, pero se mueven de diferente manera, están ubicados en otras zonas a las que no debemos ir. Mira hacia allá —indicó el guía.

Ella miró un planeta hermoso muy parecido a la Tierra, pero los humanos vivían en el bosque, en la intemperie y no eran numerosos; incluso pudo oírlos hablar y era un idioma que nunca había escuchado.

—No debes nunca acercarte a ningún planeta viviente —dijo el guía—. Aunque parezca increíble, nuestro universo tiene límites, mismos que debemos respetar.

Hilary aprendió que en donde vivía ahora no existían muchos sentimientos como en la tierra. Los recuerdos de su pasado poco a poco iban borrándose, no tenían mucha relevancia ahora. No existía el alimento, ahora era un ser totalmente luz y su única fuente de vida era el sol. Poco a poco los seres iluminaban el hermoso universo. Movían estrellas, creaban materiales que a su vez se transformaban en cosas. No existían la amistad ni el compañerismo; era como si todos se comunicaran entre sí, incluso a la distancia, sin algún otro sentimiento. Como si todos fueran ya amigos y se pudieran contactar con cualquiera sin necesidad de estar con ese ser.

Hilary había aprendido ya muchas cosas, había visto muchísimo: seres desvanecerse, rebeldes que habían ido a la Tierra y en efecto jamás habían vuelto, luces que cambiaban el sentir de los seres; había obedecido todas las leyes enseñadas, no sabía cómo medir el tiempo aún porque ahí el tiempo era muy diferente. Lo que no entendía era cómo, a pesar de ser seres aparentemente inmortales y poderosos, también tenían muchos peligros que evitar. "Es posible que sea una forma de prueba en este nivel" se decía a sí misma.

Un día se encontraban lejos del sol, pero al ser la hora de este, los trabajos se detenían y disfrutaban de él. Entonces, muy a lo lejos sintió que un sonido no estaba bien. Algo extraño estaba ocurriendo, el sonido se acercaba cada vez más, entonces entendió la alerta de otro ser. Todos despertaron de su éxtasis y huyeron de ese lugar, incluyéndola y a sus guías. Los rebeldes pedían que se quedaran, que no tuvieran miedo, que eso era sólo un límite que se les había puesto y que podían cruzar: La mayoría, sin embargo, huyó: algunos lo pensaban; tenían las mismas inquietudes. Uno de los rebeldes se acercó al hoyo negro que se formaba alentado por ellos mismos y que destruía la dimensión en que vivían. Ella se quedó mirando fijamente y sintió que este la atraía. Por más que luchaba, no podía moverse. Sus guías que habían huido de ahí le enviaban mensajes fuertes de irse, pero Hilary estaba paralizada. Cuando por fin entró en razón, quiso dar un salto, pero no tuvo la fuerza suficiente.

De un momento a otro el agujero se expandió y absorbió la luz de este ser. Al ver que no pasaba nada, otro se acercó y fue absorbido. La duda no podía esclarecerse, no salieron de nuevo. Ella seguía luchando por salir de ahí, pero se encontraba dentro de la gravitación de ese agujero, un tono de gris que cubría una vasta zona y todo dentro de él quedaba inmovilizado. Sólo los más fuertes y con mucha experiencia salían ilesos de esa fuerza. Un grupo grande de rebeldes estaba ahí desafiando las leyes del universo y lanzaban a los seres al agujero negro: habían aprovechado que estos estaban débiles debido a la interrupción de la luz del sol y se les dificultaba escapar. Muchos seres inocentes fueron arrojados al hoyo y otros luchaban sin éxito por escapar.

Hilary intentaba dar un salto grande. Por fin había entendido cómo moverse entre las partículas de luz gris, cuando una luz enorme la detuvo y cambió su curso. Sintió cómo la temperatura fría de la oscuridad la atraía más y más. Sentía miedo; que su fin podría estar cerca. Temía dejar de existir. Todo lo que había visto había sido tan hermoso que no podía terminar aún. No había sido guía de nadie; no era justo que siendo tan joven tuviera que desaparecer. Su fuerza disminuía cada vez más, muchos no lograban escapar del campo de atracción y se dejaban caer, inmóviles, fríos, con un tono gris oscuro que se desaparecía al ser atraídos al centro del agujero. Su desvanecimiento no era como una muerte, sino como una especie de absorción. Algunos que por fin lograban escapar eran de nuevo lanzados al campo de atracción.

El tiempo seguía pasando. Llegaron muchos seres a combatir a los rebeldes y es así como al caer más seres en el hoyo, éste se hizo más grande, absorbió más seres, más estrellas cayeron, su atracción aumentó y no pudo más: sus guías emitieron una luz para despedirla y ella también se despidió.

Finalmente, el frío la tomó, la oscuridad la tragó, su conciencia lentamente se apagó. No supo más.

"Puedo moverme ligeramente; siento que algo se mueve a mi alrededor e incluso me atraviesa. La sensación de una calidez es indescriptible, por fin logro volver a la conciencia y no puedo creer lo que veo: es una majestuosidad aún mayor.

—Bienvenida —dijo una voz sónica en forma de ecos...

...

Hilary dirigió su atención y se dio cuenta de que no estaba muerta, de que aún existía. Ella miraba todo a su alrededor y observa cómo nuevos seres están con ella. A lado de ella otros más salen de una especie de dimensión. Como si nacieran de nuevo. Ella pensó "Estoy ya en otro nivel de existencia". Una voz le respondió "Así es". "¿Cómo? ¿Quién habló? No lo entiendo". "Deja tu luz brillar y entenderás esta fase de la vida a lo que llamamos "realidad".

Al principio, como era evidente, no lograba entender de qué se trataba esta vida. Un grupo de seres se acercó a ella y la atrajeron a ellos y se fueron a otro lugar del vasto universo. Ella observó cómo sus cuerpos ahora no tenían realmente una forma: eran luces que se movían de un lado a otro y que tenían un gran poder. Ella sentía su cuerpo completamente diferente. La luz que emitía podía comunicar cosas, entenderlas e incluso veía cómo ellos podían transformar materia en otros estados y con otras propiedades; extraer cosas de la nada o desaparecerlas del todo.

—Estamos felices de verte aquí. Si estás con nosotros es porque has demostrado ser un ser de luz; un ser valioso. Nosotros somos tu grupo cósmico. Juntos vamos a trabajar en la expansión de la luz y el cuidado de la existencia y de la realidad.

Hilary no sentía la necesidad de preguntar; era como si de alguna forma entendiese todo a su alrededor. Desde ese momento comprendió que, aun cuando son superiores a todos los del sistema, estos seres vivían y trabajaban en grupos. Similares a los planetas, a las galaxias, en grupos. Sus misiones eran diferentes; debían crear luz en lugares estratégicos para que los otros seres que son inferiores a ellos hicieran uso de ella. También participan en el combate de la materia oscura, propician lugares para la alimentación de la luz y crean soles. Su rango de movimiento era mucho mayor. Desde su posición podía ver a los seres que se alimentaban de la luz. Ellos mismos eran luz. El sol no era uno solo; la existencia era inmensa. Sus guías vivían sólo en un cuadrante, mismo que era una inmensidad, pero ellos no salían de ahí. A sus seis lados tienen otro cuadrante y viven seres similares que no se mezclan con otros.

El tiempo ya no era el mismo, podía ver y entender a los seres inferiores aun sin haberlos conocido; sus intenciones y sus razones, incluso sentir sus sentimientos y, si lo deseaba, entender su comunicación. Comprendía que no se podía simplemente destruir a los rebeldes en ningún sistema porque la vida era valiosa, la vida siempre seguía y todos tenían derecho a existir y también derecho a ser como quisieran. Al final la vida no brillaba para los que no se ajustaran; de igual manera que los seres que no se ajustaban a su forma de vida, regresaban a su nivel de vida anterior o a ninguno. Incluso entendió que la Tierra no era el primer nivel o fase de la existencia.

Los seres llamaban a toda esta comprensión "Conciencia Cósmica". Ellos se alimentaban de estrellas aún más grandes de luz azul que irradiaba rayos blancos. Todo parecía tener un propósito de existir.

El grupo era numeroso, juntos hacían cosas. En esa ocasión, viajó a un lugar que estaba fuera de su espacio y entendió que los seres de luz no eran los únicos. Había muchos espacios más donde se trabajaba de manera similar con un orden. El propósito de todo era llegar al gran Creador, pero para eso tenían que trabajar mucho.

Ella pudo sentir cómo una vida sin propósito en cualquier nivel de existencia no llevaba a ningún lado. Independientemente de lo fuertes que fueran o sin importar el nivel de existencia, todos tenían que cumplir con ciertos trabajos u ocupaciones; debían recibir energía, hacer algo por el bien del universo. Se alegró de aún vivir y poder ver esto.

El espacio donde ellos trabajan era amplio, había planetas de todo tipo y tamaño. Como regla general no podía interferir en la vida de ningún otro ser, ya que eso sería destructivo. Unos a otros decían que entre más grande es el nivel de la vida, más grande es la consecuencia del desorden. Los seres cósmicos enseñaban a Hilary las habilidades que ellos tenían; gradualmente su fuerza y su poder creativo aumentaban.

No existía sonido, olor, hambre o cansancio: esa clase de sensaciones no podían ser percibidas entre ellos, salvo cuando veían materia orgánica, era una sensación difícil de explicar para ella. La comunicación era diferente, el sol era diferente, el moverse de un lado a otro era muy repentino, ellos colocaban satélites, estrellas enteras, materia de la no-existencia. Sin embargo, también existían peligros y cosas que evitar.

A pesar de que eran muy poderosos, existían seres que sentían que era mejor tener el contacto con los inferiores y dominarlos para tener autoridad sobre ellos. La mayoría de los demás sentía que era innecesario. Casi nadie compartía esos sentimientos. En realidad, eran muy pocos. Los que amenazaban la existencia eran arrojados al gran vacío donde nunca más se les podía ver y se decía eran destruidos por completo. "El orden es inquebrantable" repetían a menudo.

La luz de todos comenzó a disminuir y entonces viajaron al gran sol azul. A diferencia de los otros soles, ellos entraban al sol, sentían mucho placer al estar ahí. Todos se dejaban atraer por el sol y este los llevaba al centro. Podían estar como uno solo en el mismo espacio. En determinado momento, el mismo sol los expulsaba lentamente. Una vez salido de su campo de atracción podían realizar cualquier actividad.

Estaban en un espacio donde las luces no brillaban o se apagaban. Querían descubrir el problema. Había conflictos en la dimensión y de un momento a otro aparecían agujeros negros. Ellos no los temían, pero tenían que desaparecerlos para que no afectaran nada. La forma de combatirlos era hacer que la luz fuera tan fuerte que su atracción era imposible. Entonces el agujero perdía fuerzas y desaparecía. Para esto, la energía de esas estrellas tenía que ser de una fuente autosuficiente y que sus rayos no dañaran nada. Había estrellas que brillaban demasiado pero que no eran percibidas por los guías, como si existiese una capa sobre la vida de ellos, de la cual no estaban consientes.

El grupo de Hilary se dispersó y logró revertir todos los agujeros. De la nada se creaban en un cierto punto, luego otro en otro punto y ellos los combatieron todos. Sin embargo, había algo que no lograba entender: ¿por qué se formaban estos? Al parecer, la oscuridad también gana terreno y cuando es fría y se transforma en nada, la nada absorbe todo a su favor y esta misma se hace más grande. La comprensión sobre este fenómeno no era perfecta. Podría haber alguna falla en su lógica y era su trabajo comprenderla, por eso el numeroso grupo se afanaba en hacer miles de experimentos.

Los seres cósmicos le enseñaron que no todo es infinito: en algunos puntos la luz se termina y empieza la oscuridad. Entonces, si esa oscuridad no se combate, crece. La energía de esos hoyos hace que todo a su alrededor sea atraído, por eso ellos hacen que no crezcan ya que dañarían los sistemas.

Desde donde estaba, Hilary vio que un planeta hermoso con seres humanos estaba justo al otro lado de la galaxia. Se maravilló al ver que eran seres humanos. Ellos estaban como en otro siglo, su vida era diferente a la que ella haya en algún momento conocido. Sus costumbres, ropa y texturas eran muy diferentes, como si se encontrasen atrasados al tiempo moderno en que ella vivió, pero adelantados de forma increíble en otros aspectos.

—No se les influyó —dijo un ser.

—¿Qué quieres decir? —preguntó Hilary.

—No tienen ninguna influencia de ningún tipo; son exactamente de otras tierras, pero se les dejó a la deriva y que ellos busquen el sentido de su existencia, su amor a ellos mismos, sus pasiones y la búsqueda de su creador. Estos seres son amorosos, aunque su vida parece muy vacía. Se preocupan sólo por ellos mismos y por ser mejores. Nadie ha tenido ningún contacto con ellos. Deseamos saber qué harán.

—Eso quiere decir que para ellos no existen lo sobrenatural, ni religión o leyendas; la vida es interesante. Se busca placer, pero también se busca la ciencia. Su comprensión es mayor.

—No son los primeros —dijo otra luz.

—Algunos han crecido como ellos y han buscado al Creador en la forma incorrecta; otros han destruido su planeta y toda su existencia. Apenas hubo uno ahí mucho tiempo antes que ellos, sí, justo ahí. Nosotros hemos recreado todo para que la vida inicie de nuevo.

Ella entendió muchas cosas que siempre habían asaltado su mente. En este punto podía recordar todo. Muchos aspectos de sus existencias pasadas y cómo habían dejado siempre enseñanzas. La vida continuó y realizaban muchas hazañas. La vida era llena de luz, llena de energía; de comprensión de la materia, de la existencia, de la realidad, de los misterios de la oscuridad que con miles de tonos dominaban la zona oscura; de los campos de atracción de los cuerpos celestes.

Estaban llenando espacios luz para que no aparecieran los agujeros oscuros. Sintió que había un anuncio que daba a entender una despedida. Las luces se detuvieron y observaron cómo un gran ser poderoso era atraído por el gran vacío. La luz intentó no entrar, pero poco a poco se adentró en la oscuridad. Iluminaba el espacio a su alrededor, pero pronto su luz se perdió y no se podía percibir su existencia. Todos miraron con asombro, pero al poco tiempo siguieron su trabajo. Ella quería saber, pero no quisieron hablar del tema...

El tiempo había pasado y estaban en las orillas de un gran vacío. Justo a las afueras, en los límites de la galaxia. El vacío era enorme, completamente oscuro y tenebroso. Era como si una materia espesa dominara ese lugar. Poco a poco, en su tarea de expansión de la luz, este espacio iba siendo reducido, pero parecía un trabajo infinito. Al fin y al cabo, era esa su misión en la vida: preservarla llevando la luz.

El espacio se expandía, nuevas luces eliminaban la materia oscura que iba alejándose paulatinamente. Sin darse cuenta, de un momento a otro la materia oscura se movió, algunas luces se apagaron y pequeños agujeros comenzaron a crearse. El grupo inmediatamente los revertía, pero había cada vez más y más. Era una tarea imposible, algo los estaba provocando. La materia se movió de nuevo lanzando tonos de gris, atrayendo todo hacia dentro. Varios agujeros se formaban por la falta de luces. Muchos seres cósmicos más llegaron y combatieron la oscuridad. Iban teniendo éxito, cuando de repente, al terminarse los pequeños soles que se habían colocado para el combate, la oscuridad avanzó y absorbió a algunos de los del grupo.

Hilary percibió en ella un sentimiento que tenía tal vez milenios sin sentir: miedo. La oscuridad ganaba terreno, grandes astros caían en ella. Más seres llegaron ahí. Hilary estaba creando también soles, aunque sentía que era inexperta y que aún le faltaba mucho por aprender. Un golpe de oscuridad saltó de nuevo y algunos fueron tomados, entre ellos Hilary. Otros lograron salir, pero ella se encontraba de nuevo en una situación que ya había vivido antes.

Se decían a sí mismos que no se adentraran en la oscuridad porque era tan inmensa que se perderían. Intentaban avanzar como grupo, pero poco a poco perdían contacto. Su luz se apagaba. Hilary sintió que también se estaba apagando y que lentamente dejaba de existir. No tenía de dónde aumentar su energía. El poder de la oscuridad era tan grande que no podía crear nada ni avanzar a ningún lugar. Según su intuición, comenzó a viajar con grandes saltos, pero no lograba visualizar nada. Se quedó inmóvil y se desvaneció.

La conciencia de Hilary fue despertándose. Se podía sentir dentro de su cuerpo como si viajaran estrellas, como luces que intensificaban o disminuían su fuerza, como si grandes distancias fueran alcanzadas o como las fuerzas de gravedad y los movimientos de los astros, todo se sentía claramente. Hilary no tenía un cuerpo físico; ella era un gran cuerpo que comprendía una fuerza de un "poco en un todo".

A lo lejos y a la vez cerca, una voz le instruía sobre su nueva vida. Su vida ahora era muy distinta a las anteriores. Se sentía como un cuadrante ella misma. Podía moverse de un lado a otro, no tenía luces, los seres como ella se movían de forma individual, exploraban la gran oscuridad, pero jamás se profundizaban en ella. Ellos también juzgaban a algunos seres como inferiores. Creaban fenómenos para modificar la existencia. Era como si crearan una gran cancha de juego para los seres inferiores.

Desde un principio, Hilary entendió lo que significaba el sentido de orden, el sentido de un trabajar, un reto que vencer, una vida que lograr. Ella misma estuvo en la oscuridad donde se desvaneció, la fuerza de esa gravedad no la absorbía, ella no emitía luz, era un cuerpo, un ser por demás superior. Sin embargo, el límite era la profundidad de la oscuridad. La oscuridad tenía limites: eso lo aprendió justo antes de desaparecer. *La oscuridad más profunda es la más poderosa.* Pero, ¿por qué había dejado su vida anterior? Si existían estos seres aún más poderosos, ¿por qué permitieron que ella y otros seres fueran tomados por la oscuridad?

—Estás aquí porque, aunque habías aprendido mucho, tienes más cosas que aprender —respondió un ser— y esas cosas las aprendes aquí.

Temía que aun cuando había tenido ya más formas de vida aún no se acercaba al gran Creador; en realidad no sabía mucho de Él.

Varias voces le respondían diciendo que aún faltaba mucho para llegar a Él. "Él es infinito", "Él te atrae", "Él es el dador de poder", "Estás aquí por él", "Él te juzga": fueron muchas las respuestas que obtuvo. Es demasiado superior y al mismo tiempo está en todos los niveles, incluso ve a todas sus creaturas, sabe quiénes son todos y cada uno de ellos, su mente es omnipotente y omnisapiente. Le dijeron que ella en realidad no lo había buscado y si lo había hecho, aún no era suficiente. Tenía que ver mucho más para acercarse a Él.

—Él se deja hallar por los que lo buscan y al parecer te ha atraído. ¿Qué harás si lo encuentras? —dijo una voz que la puso a pensar y aunque no lo podía ver, sintió que el hecho de haber vivido más de una vida le había permitido saber mucho de Él. Todo a su alrededor indicaba cómo era, cómo se movía, daba una misión, daba un motivo de existencia, una razón para creer, un paso a la vida.

Incluso Hilary no entendía algunos conceptos, pero estaba decidida a esta vez encontrar las respuestas que tanto había buscado, estaba tan agradecida de saber todo lo que había presenciado. No había otra forma de buscarlo más que aprendiendo de él, pero ¿cómo podría aprender de Él si no lo conocía?

—Todo a nuestro alrededor es como nos habla.

"Entonces quiero oír", se dijo a sí misma. Entendió muchas voces diciendo "lo harás". Su mente podía comprender a todos al mismo tiempo y también saber de dónde venían todas las voces. Su ser abarcaba mucho.

Ella veía que en la densa oscuridad no había nada. Pero, ¿Acaso era posible que aun donde no hay nada, haya algo? Se fue acercando poco a poco a la gran oscuridad y en ciertas distancias encontró planetas en el olvido. Inhabitados, no había vida, sólo materia sólida sin movimiento, sin gravedad, sin ninguna fuerza física en ningún tipo de dimensión o realidades. Avanzó más sin perder el rumbo. Quería explicaciones, dentro de sí, era como si ya entendiera que lo que había en la gran oscuridad en algún momento brilló.

La fuerza oscura fue algún momento más fuerte, las estrellas no brillaron y ella simplemente absorbió todo. Realmente al parecer todo se trataba de la luz y la oscuridad, de un todo o de una nada. Entre más avanzaba, más cosas encontraba, pequeñas y grandes. Aunque no manifestaba sentimientos de humano pero la sorpresa fue cuando encontró cascarones de sol: soles secos, fríos, grandes y pequeños. Ella podía moverse a través de todos ellos. Recordó una vez más que *La oscuridad más profunda es la más poderosa*, pero también la más peligrosa. Por algo, era la única cosa temida por todos los seres. Además, era como si una fuerza la atrajera más al interior de ella.

Al ir avanzando más, se encontró con formas de cuerpos secos, como inexistentes, pero al mismo tiempo, en su forma natural. Podía identificar tamaños y distintos de ellos. Pensó que si habían llegado hasta ahí, ¿por qué no habían podido salir o cómo se quedaron ahí? Sintió que ya había investigado y aprendido mucho; bastaba con ver algo para entenderlo.

En su regreso, no veía las mismas cosas; era imposible que no las reconociera. Atravesó un cinturón de gigantescos asteroides que no había visto antes: un enorme cascarón de sol, más grande que ella; su sorpresa fue inmensa. Entonces se dio cuenta de que estaba demasiado adentrada: no podía visualizar luz y la que se veía a la distancia, disminuía levemente.

Regresó en la misma dirección, pero el infinito era muy grande. Entonces ya no veía nada; estaba cada vez más vacío, no sentía miedo ni preocupación. El tiempo era infinito: podía pasar toda la eternidad buscando la luz de su espacio. Tampoco podía sentir comunicación. No podía sentir a nadie a su alrededor, ni cerca ni lejos. No sabía cuánto tiempo llevaba dentro de la gran oscuridad, pero ya era mucho. Su camino era muy largo; ahora en absoluto había cosas, no había nada, no sentía nada en absoluto. Prefirió quedarse inmóvil y analizar su ubicación. Sentía que había pasado muchísimo tiempo ahí.

Muy a lo lejos, un punto blanco. "¿Un punto blanco en medio de esta oscuridad?", pensó. Se acercó a él y era como un agujero blanco en medio de la gran oscuridad. Se acercaba y este se volvía cada vez más grande. Estando demasiado cerca sintió la fuerza de atracción muy fuerte, no pudo contra ella y sintió un gran temblor en su cuerpo junto con un sonido que nunca había percibido, uno que se convirtió en un zumbido lento que poco a poco disminuía su intensidad.

De pronto, en su mente saltó un pensamiento: "Un sonido". Este se hizo muy fuerte y cuando entró en sí, había personas a su alrededor, estaba en una cama, en un hospital, sus familiares a su alrededor, su madre tomándola de la mano, Hilary tuvo una sensación de coraje, de despertar de algo tan hermoso. Sus padres la besaban y agradecían a Dios por su vida. "Al gran Creador", pensó dentro de sí.

Hilary pronto supo que había estado en coma por mucho tiempo y que no había mostrado signos de recuperación y temían lo peor. Su cuerpo había sido bastantemente dañado por el accidente que había tenido, parte de su piel estaba aún lastimada; podía moverse con mucho trabajo.

Estando completamente consciente, lo primero que pidió a gritos fue un lápiz y papel. No entendieron la razón, pero inmediatamente se los consiguieron. Hilary comenzó a escribir y a escribir todo lo que podía: ideas, palabras, frases, formas, todo. Le dolía el brazo, pero no podía dejar de escribir: era importante no olvidar. Sus padres estaban confundidos, pero estaban con ella, la miraban con admiración. Se dieron cuenta de que había vivido algo fuera de este mundo y también querían saber de qué se trataba.

Con el paso de los días estaba en casa, en una ventana mirando la lluvia y se imaginaba cómo sería volver ahí... "¿Fui castigada por entrar en la oscuridad y regresé a una forma básica? ¿Acaso no pasé ninguna prueba y he sido remitida al inicio? ¿Es que todo había sido un sueño? ¿Por qué se sintió tan real? Puedo recordar muchos detalles, quisiera volver."

Algunos de esos detalles eran ya confusos, pero no dejaba de mirar al cielo deseando que en algún momento regresaría. Estaba llorando en su cama, sintió que alguien la observaba y levantó la mirada, sólo vio un cielo estrellado: entendió lo que eso significaba.

Los años pasaron y Hilary estaba en su lecho de muerte, estaba muy cansada, sentía que su vida se iba, sus nietos estaban con ella y lloraban. Ella tomó unos escritos y se los dio a sus nietos. Su nieta, quien tenía su mismo nombre, mostraba muchísimo interés en algo parecido a lo que su abuela en ocasiones hablaba. Incluso decía soñar cosas. Sintió una conexión especial con ella. La abrazó y luego a todos los demás. Su hija mayor lloraba mucho mientras la abrazaba, su hijo, a sus pies. Entonces ella dijo:

—Estoy lista, allá los veo —y su cuerpo quedó inerte.

Una vez más sintió cómo la oscuridad y el frío la tomaron de nuevo. Esta vez, tenía la certitud de que había hecho bien y la seguridad de que algo más venía y de que esta vez lo haría mejor.

Las grietas

S onia era una señora sola que vivía en una linda casa con un terreno grande. En ocasiones sus familiares llegaban a visitarla y compartían buenos momentos. Sus hijos recordaban con cariño el patio que los vio crecer. Sus nietos corrían de un lado a otro y ella amaba verlos jugar mientras cocinaba para la familia.

Día con día, Sonia se esforzaba por tener sus plantas verdes y sus flores, hermosas. Tenía un jardín grande y le encantaba sentirlo limpio y fresco. Ella había visto una pequeña mancha negra en un árbol, pero como tenía algunos problemas de la vista, no se había percatado de lo que realmente era.

Con el paso del tiempo, la manchita en el árbol se veía más grande, del tamaño de una mano de hombre adulto. Ella se sorprendió al verla, pero no podía identificar qué era; pensaba que quizás era un nido de algún animal.

Los días transcurrieron y un día vio que la mancha en su patio parecía tener algo de movimiento y le causó mucha curiosidad. Entonces se acercó a ella y parecía que esta estaba deforme sobre la superficie del árbol. No entendía la forma que tenía. Buscó una lupa en un cajón lleno de cosas y regresó para examinarla con más seguridad. Esta vez era claro que no era algo normal; no tenía una forma como tal, sino que parecía una grieta. Quiso tocarla, pero pensó que tal vez podría ser peligroso. Entonces, con una varita que encontró en el patio, la tocó y pudo ver con exactitud lo que pasó: observó detenidamente cómo la varita que usó se había deformado. Era como si se hubiera hecho más pequeña: la parte que entró no salió, pero aún se veía como una especie de reflejo de ella.

Esto la intrigó y se acercó más, la olió incluso, pero no tenía olor ni emitía sonido alguno; era algo extraño. No podía ver lo que había dentro de ella, pero sin duda algo fuera de lo normal pasaba ahí.

Ese día también dejó caer una piedra que se deshizo hasta que se fue por la grieta completamente. Al día siguiente por la tarde, después de su limpieza y el mantenimiento del jardín y de muchos experimentos más con hojitas, insectos y demás, se sentó a descansar en un sillón en su patio y se lo comentó a su hijo mayor, pero este no le creyó mucho. Prometió echarle un vistazo para el fin de semana que pasaría con su familia. Luego se lo comentó a su hija menor que pasaba por su casa a dejarle algunos productos para su consumo. Ella no quiso verlo e incluso le dijo que era sólo un nido de ardillas. Sin embargo, ella no lo creyó.

Otro día, en el patio de su casa, limpiando las hojas, se dio cuenta de que algo similar estaba cerca de una mata de ciruelas. La mancha negra pero de menor tamaño era alargada como una raya y estaba a unos centímetros del tronco de esta mata. Esto era muy raro, parecía flotar y era más pequeña que la anterior. Su corazón saltó de sorpresa y esta vez se alarmó.

Fue de nuevo por una lupa a su casa para observarla bien. A su regreso, vio que estas eran sólo un agujero sin forma, como con piquitos; no se veía que tuviese entrada o salida, no se podía ver nada por dentro. Sonia sintió temor de tocarlos. Tomó de nuevo una vara pequeña y observó con claridad cómo esta se iba en ese espacio y se perdía. Era algo muy extraño.

Esa noche en su casa después de hablar por mucho tiempo con una de sus hijas, le contó todo lo que estaba pasando. Como era de esperar, no le creyó. Sonaba muy fantasioso lo que su madre estaba contando, pero ¿por qué lo inventaría? Al terminar la llamada dejó su teléfono sobre su mesa de centro y al alzar la vista vio que había otra mancha negra sobre su pared, casi llegando al techo.

Se acercó para verla y se percató de lo mismo que en la mata de ciruelas: había una mancha flotante que no tocaba nada. Pasó una escoba por debajo, por arriba, por detrás y no sintió nada.

Finalmente la tocó con la escoba y esta se quedó pegada a ella. Paulatinamente, la mancha creció un poco y la escoba se perdió en ella. Sonia ahora estaba asustada: sabía que algo no marchaba bien. Vivía sola y sus hijos no le creían. A pesar de la hora, fue a casa de su vecina y la convenció de que juntas revisaran lo que estaba pasando. Para su sorpresa, ambas mujeres vieron cómo los objetos se perdían en esta mancha. Hicieron incluso caer líquidos en él. Sorpresivamente, estos rodeaban de una forma flotante el agujero hasta que finalmente se perdían. Tomaron una lámpara, salieron a su patio y analizaron ambas manchas que crecían en su jardín trasero. Estaban asustadas y pedían a Dios que no fuera nada malo pues se habían dado cuenta de que eso no era normal.

Sonia no podía dormir sola esa noche del temor y se quedó con su vecina, quien, alarmada, se levantó muy temprano para revisar de nuevo los lugares donde habían visto las dichosas manchas. Ambas mujeres vivían solas: la mujer era viuda, se conocían desde hacía muchos años, pero nunca habían visto algo similar. Fueron juntas a hacer una revisión y de nuevo lo mismo: las manchas no habían cambiado de forma y no pasaba nada a menos que tocaran objetos. Más tarde estaban comiendo en la cocina de su vecina cuando se percataron de que había algo muy similar a lo que ya habían visto en su propia casa. Esto les infundió mucho temor, fueron a buscar a otra amiga en común, pero no lograron convencerla de que las acompañara. Un hombre iba pasando y le pidieron ayuda. Él entró y miró el extraño objeto flotante, se asustó, gritó que había visto su reflejo ahí y huyó del lugar.

Pasó otro día y las familias estaban ahora con la duda de por qué sus madres estaban contando historias como estas y más cuando Helena, quien en la mañana cuando se levantó a tomar su café sintió cierto raspón en su rodilla derecha que la hizo brincar. Su gato estaba afuera: ¡no podía ser! Al asomarse debajo de la mesa, vio que una mancha negra sin forma estaba flotando debajo de su mesa.

Se asustó y enseguida fue a buscar a Sonia. Ellas no dejaban de hablar de esto. Ambas estaban alarmadas por lo que estaba pasando. Fueron con la familia de enfrente, quienes no les creían y hasta las estaban *tomando de locas*. Para tranquilizarlas, uno de los jóvenes fue con ellas y gritó al ver lo que estaba debajo de la mesa. Las mujeres tenían razón y no había explicación para eso. Sonia comentó que en su patio había dos más; que una era grande y daba la impresión de haber estado creciendo.

Esta vez la familia sí creyó y todos fueron a ver lo que estaba en el patio de la mujer: su sorpresa fue enorme. Intentaron tocarlo con cosas, pero estas se quedaban como un imán en las manchas y al cabo de unos segundos eran absorbidas por estas, como quebradas. Por eso les daba miedo tocarlas con sus propias manos. Uno de esos experimentos en los que un hombre lanzó una podadora para ver qué pasaba a la mancha del árbol vio, como cuando un espejo se rompe, que esta vez enormes grietas se formaron en esa zona del patio. Todos se asustaron, grabaron, tomaron fotos y esto se convirtió en noticia.

De inmediato la familia dio aviso a las autoridades, quienes llegaron e investigaban el fenómeno. Pronto había muchas personas en la casa de Sonia. Dentro de su corazón, ella estaba contenta de que al menos así no se sentía sola y estaba feliz ofreciendo café o té a todos. La entrevistaban, le tomaban fotos; había un sinnúmero de gente entrando y saliendo. Además todos admiraban su hermoso jardín. Su vecina también. Se sentían como unas celebridades: jamás les habían prestado tanta atención. Se convirtieron en tema de conversación. Al ver las noticias y escuchar a sus propias madres en ellas, los hijos de las mujeres se atemorizaron y fueron a visitarlas.

La señora Carmen, la vecina de enfrente, estaba pensativa, observando su pequeño patio donde sólo tenía un árbol. Veía para todos lados con la esperanza de no encontrar ninguna rareza como la que sus vecinas tenían. Ella no encontró nada extraño e incluso agradecía en su fuero interno. Por unos instantes más se quedó observando su patio y molesta preguntó a sus hijos por qué no habían limpiado cuidadosamente su patio. Algo le llamó la atención en el patio: vio cómo había hojas en un solo lado y de otro lado no. Llamó la atención a sus hijos porque no habían hecho un buen trabajo, pero ellos dijeron que no habían limpiado nada.

"Entonces, ¿por qué sólo una parte se ve limpia?". Salió de su casa y al mirar arriba, vio cómo una especie de círculo con muchos picos estaba consumiendo las hojas y el árbol en el lado derecho del mismo. Gritó del horror: su esposo salió por ella y también gritó al ver lo que flotaba y que estaba desapareciendo al árbol, como quebrándolo en varias partes, pero que se reflejaban entre ellas.

El terror comenzó a correr por toda la ciudad al percatarse de que muchas de estas manchas estaban apareciendo en varias casas, patios y edificios. No tenían un patrón de formación; algunas eran grandes y otras eran pequeñas. Lo más característico era que a su alrededor tenían como una capa que deformaba la realidad del objeto, como si lo cambiara de forma hasta hacerlo desaparecer en ellas. Otros testimonios juraban que habían visto cómo se rompía lo que veían enfrente de ellos, como un cristal que se fragmenta en miles de pedazos, unos grandes y otros pequeños.

Pronto, más de éstas aparecían. Un científico afirmaba que siempre habían estado ahí, pero que nadie se había dado cuenta, que siempre habían existido, pero no eran perceptibles al ojo humano y que algo las estaba haciendo crecer, algo las detonaba, pero no podían determinar qué...

La ciudad perdió contacto con el exterior ya que las líneas telefónicas, antenas receptoras y mucho más comenzó a desaparecer a causa de las manchas que algunos catalogaban como "agujeros del gusano" o cambio de dimensión, un sinfín de nombres, pero que de manera más exacta, eran llamadas "las grietas", ya que estas tenían una forma en ocasiones con largas o pequeñas líneas con muchas grietas que se abrían. Era como si otra dimensión estuviera tomando lugar. Finalmente, alguien se decidió a tocar una de ellas y su cuerpo se deformó, como efecto usado en una película: con eso comprobaron que no eran amigables.

Sonia, quien estaba con su hijo y su nuera, presenciaba cómo las grietas habían cambiado de forma y ahora la realidad estaba transformada. Era como si estuvieran distorsionando el espacio y lo que estaba alrededor; como si de un dibujo se tratara: imágenes que se rompen y detrás de ellas no hay nada.

Mucha gente logró escapar del pueblo; otros decían que estaba sucediendo lo mismo en muchos países, que el problema era mundial. No se sabía a ciencia cierta la magnitud del evento catastrófico, pero las crisis ya estaban comenzando. Muchas personas actuaban paranoicas y buscaban formas de protegerse. Algunas manchas aparecieron, pero estas eran como un rayón en el espacio, una grieta en la nada y su alrededor se distorsionaba. Los animales habían huido. No se escuchaba sonido alguno. Las plantas pequeñas o algunos tipos de arbustos habían cambiado su dirección de crecimiento, como si huyeran de estas.

La gente no sabía adónde correr ya que cada vez aparecían más y más. De la nada, una enorme grieta apareció en el cielo, removiendo las nubes como cristal roto; incluso los rayos del sol estaban fraccionados y no tenían una secuencia en su alumbrar hacia todos lados, pero al mismo tiempo sin un patrón, sin un seguimiento. También las nubes se veían como quebradas, descompuestas como por un editor de imágenes.

La gente estaba llena de miedo y pedían perdón. Otros se resignaban y querían quedarse con sus familias y vivir sus últimos momentos juntos y en paz. Pronto era casi inevitable no tocar alguna: había en todos lados. Las imágenes que vemos en nuestra visión estaban siendo distorsionada a un nivel alarmante; entonces la gente comenzó a morir.

Casas, enormes terrenos, espacios en el aire, quebrados como cristal y en sus grietas, la nada; sólo un espacio oscuro que tragaba todo. Había espacios como en tercera dimensión, deformes.

Sonia abrazó mucho a sus hijos, los besó y se despidió: estaba segura de que el fin estaba ya a las puertas y nunca se imaginó que sería de esa forma, pero esperaba con todas sus fuerzas que entraran a una nueva vida. Se levantó y salió por la puerta principal. Su hijo intentó detenerla, pero su pequeña lloraba mucho y su esposa estaba aterrada.

Vieron cómo su madre caminó unos metros sobre la calle: detrás de ella apareció una enorme grieta y su reflejo commenzó a verse en varias partes. La esposa de su hijo gritó aterrorizada, como nunca en su vida había gritado. Sonia escuchó y volteó, pero su rostro se reflejaba en varias partes de un enorme cristal que se hacía añicos. Su cuerpo ya no coincidía con su rostro ni sus brazos: formas que flotaban en todos lados. En el espacio las grietas aparecieron cada vez más y todo a su alrededor se fue reduciendo a nada.

La familia huyó por la puerta trasera, pero era muy difícil escapar: realmente todo estaba en movimiento, lento y en algunos casos rápido, sin ruidos. Alfredo corrió y llevaba de la mano a su esposa y en su brazo a su pequeña niña quien estaba muy asustada y a quien no sabían qué explicación darle. De un momento a otro, Susana sintió que algo no estaba bien. Miró la mano con que la sostenía su esposo y esta no concordaba con lo que sus ojos veían. Su esposo seguía hablando, pero ella no podía ponerle atención: su alrededor, su realidad, su todo se estaba distorsionando. Cuando él se percató de su esposa, estaba rodeado de un espacio oscuro que se fraccionaba en decenas de partes, como en reflejos. Ella se veía cada vez más lejos y se gritaban "¡Te amo!", y aunque no podían escucharse más, sabían el significado de estas palabras. Se miraron, se dijeron con los labios "Te amo" una vez más. Después, toda la realidad física se distorsionó y todo desapareció.

Índice

Crónicas del fin del mundo
de Carlos Cachomsky
se terminó de imprimir el
15 de mayo de 2021
Edición que consta de 150 ejemplares.

Calle Florencia, Manzana 7, Lote 2, Casa 6.
Col. La Toscana. Cuautitlán,
Estado de México, México.